# Les crayons de couleur

# JEAN-GABRIEL CAUSSE

## Les crayons de couleur

ROMAN

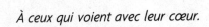

*À ceux qui voient avec leur cœur.*

# Chapitre 1

## Il était une fois
## sur la planète bleue...

Une série d'ondes d'une fréquence de 580 nano-mètres excite les cônes moyens du système visuel d'Arthur Astorg. Aussitôt, une activité électrique traverse son cerveau jusqu'à l'aire V4 de son cortex.

C'est la couleur verte qui lui fait cet effet. Plus précisément, la couleur vert pomme des lunettes de soleil de sa voisine, qu'il observe avec insistance, et sans même se cacher depuis sa fenêtre grande ouverte. Ce qui le fascine, ce ne sont ni ses petits seins fermes, ni le corps parfaitement proportionné que l'on devine sous son peignoir entrouvert, mais, qu'elle porte chez elle, à l'intérieur, ces grandes lunettes éclatantes.

À quelques mètres de lui seulement, elle tapote frénétiquement sur le clavier de son BlackBerry. Cette jeune femme se promène souvent en petite tenue dans son appartement du XIVe arrondissement dépourvu de rideaux, mais jamais sans ses lunettes. Plusieurs fois déjà, Arthur a rêvé qu'il les lui enlevait délicatement pour découvrir ses yeux. Son rêve s'arrête ici, il se réveille toujours à ce moment-là. Il la croise régulièrement dans le quartier, la plupart du temps donnant la main à sa fille qui doit avoir cinq ou six ans, mais il n'a jamais osé l'aborder. Lui, autrefois si plein d'assurance, n'est plus que l'ombre grisâtre de lui-même.

Depuis sa naissance, Arthur est le cobaye d'un ange gardien plutôt retors. Qui l'a fait naître à gauche. À gauche de la Seine – afin qu'il comprenne très tôt l'importance de la culture – et au sein d'une famille aisée d'intellos de gauche. Il a même fait de lui un gaucher. Et, inconsciemment, il a toujours pensé qu'il n'était pas exactement comme les autres.

Son ange gardien de gauche s'est aussi montré adroit. Il lui a donné une belle gueule et a façonné son nez à coups de tampons dans les matchs de rugby. Un côté Belmondo qui lui a permis de multiplier les conquêtes féminines dans les lycées privés de Saint-Germain-des-Prés, puis dans une école de commerce de milieu de tableau. Son ange gardien l'a aussi doté d'un talent légèrement supérieur à la moyenne dans tout ce qu'il entreprenait. Rugby, études, parcours professionnel, l'ange a additionné les croix dans la colonne des plus. Commercial à l'international dans une start-up, il avait la trentaine triomphante. Pas d'enfant, pas de relation stable, Arthur était même trop égocentrique pour avoir un chien ou un poisson rouge. Les seules choses qu'il entretenait étaient sa collection de whiskys ambrés japonais ainsi que sa carte platine dédiée à cumuler ses miles. Cette dernière lui permettait de fouler le tapis rouge menant aux guichets d'enregistrement Business Class de tous les aéroports du monde, où il ne pouvait s'empêcher d'adopter un petit air suffisant en passant devant les voyageurs qui faisaient la queue sur une vulgaire moquette grise. Il croyait dur comme fer que les autres regardaient son enveloppe charnelle de 1,80 mètre comme un appartement témoin couleur incarnat, et qu'ils auraient aimé y habiter.

Puis son ange gardien a décidé de se faire une couleur sur ses plumes. Une teinte bitume, exactement. Arthur est tout d'abord tombé amoureux d'une femme qui l'a jeté comme une vieille chaussette jaunâtre. C'est à la même époque que ses parents ont choisi de refaire leur vie, chacun de son côté. Arthur est resté au milieu. Son père a vécu une seconde jeunesse en s'entichant d'une femme qui aurait pu être sa fille. Quant à sa mère, partie méditer sur la condition humaine dans un ashram en Inde, elle ne lui a plus jamais donné de nouvelles. Arthur s'est mis à boire. De plus en plus. Il a abandonné le rugby, si ce n'est la troisième mi-temps. Les signaux verts ont viré progressivement au vert bouteille le plus sombre.

En quelques mois à peine, il a perdu son travail, ses amis, sa confiance en lui et son permis de conduire, après avoir été arrêté avec deux grammes d'alcool dans le sang. Deux grammes qui lui ont fait prendre une vingtaine de kilos.

Trois ans et de nombreux rendez-vous ratés plus tard, Pôle emploi menace de le radier s'il ne se présente pas chez Gaston Cluzel, une vieille usine de crayons de couleur à Montrouge qui recherche un commercial. Arthur s'accroche à l'idée de retrouver un poste au sein d'un grand groupe international ou d'une start-up, mais pour continuer à percevoir les allocations et empêcher son compte de virer à l'écarlate, il n'a pas tellement d'autre choix.

L'usine Gaston Cluzel comptait trois cents personnes après la guerre et en compte à peu près trois cents de moins le jour où Arthur se présente devant Adrien Cluzel, arrière-petit-fils du fondateur, à la recherche désespérée de l'homme providentiel qui sauvera son entreprise.

Un entretien d'embauche, forcément, ça se prépare. Pour mettre le moins de chances de son côté, Arthur a revêtu les teintes les plus criardes : une vieille chemisette couleur carotte, des chaussures rouge capucine, un pantalon caca d'oie et des chaussettes bleu céruléen. Il a même poussé la coquetterie jusqu'à porter un caleçon aubergine, jolie couleur qu'il a reportée sur ses joues en buvant cul sec une bouteille de côtes-de-provence.

Cluzel l'accueille à l'entrée de l'usine et le prie de le suivre jusqu'à son bureau. Au premier coup d'œil, il comprend que les courbes de vente n'ont aucune chance de s'inverser avec ce postulant-Arlequin qui grimpe les escaliers en soufflant.

— Arthur Astorg ? Je vois que vous êtes inactif depuis plus de trois ans.

— Je ne suis pas inactif. Je suis du matin au soir dans la contemplation. Et en particulier la contemplation de la couleur !

— Pardon ?

— Oui, prends par exemple les crayons de couleur, poursuit Arthur en le tutoyant volontairement. Des génies comme Matisse, Toulouse-Lautrec ou Picasso les ont utilisés dans certaines de leurs œuvres. Tu le savais ?

Cluzel, qui se demande si Arthur se fout de lui, néglige la question et le tutoiement.

— Le travail pour lequel vous postulez consiste à développer le chiffre d'affaires de notre gamme de crayons...

— Quelle responsabilité ! Tu sais que « crayon » vient du vieux français *créon* qui veut dire « craie » ? Arthur marque une pause avant de porter l'estocade de sa voix la plus lyrique : On crée avec de la craie. Nous créons avec des crayons ! Ici, nous sommes donc à la genèse de la création.

Cluzel entrouvre encore un peu plus la bouche, avant de déglutir en employant le « nounoiment ».

— Merci, nous vous rappellerons.

En fait, c'est la conseillère de Pôle emploi qui a rappelé Cluzel pour l'informer qu'en tant que chômeur en fin de droits, grâce aux aides à la réinsertion, ce candidat ne coûterait quasiment rien à la société qui choisirait de l'embaucher.

C'est ainsi qu'Arthur commence bien malgré lui sa carrière de représentant de commerce. Lui qui signait autrefois des contrats internationaux n'est même plus fichu de convaincre une papeterie de quartier d'acheter quelques boîtes de Gaston Cluzel. Tous les matins, il se lève en promettant d'arrêter de boire et, tous les soirs, sa promesse se noie dans l'éthanol. Il se sent aspiré dans un trou noir.

Lorsque Cluzel le convoque trois mois plus tard dans son bureau pour le licencier, faute de résultats, Arthur éclate en sanglots. Des larmes alcoolisées coulent sur ses joues. Des larmes sincères. Pour la première fois de sa vie, il lâche prise. Il a touché le fond, il le sait. Et contre toute attente, il adore cette sensation de s'être trouvé, d'être enfin honnête avec lui-même. Il abandonne son ego. Il est prêt à remonter la pente.
— Je vous en supplie, dit-il d'une petite voix après s'être mouché dans sa manche, laissez-moi une chance.

Adrien Cluzel n'éprouve aucune pitié, mais il le garde. Comme souffre-douleur. Et il lui en fait voir de toutes les couleurs. Cluzel l'affecte à la surveillance de la chaîne de production.

Il lui coûte d'autant moins qu'une part de son salaire était liée aux ventes réalisées. Chaque jour, Cluzel prend un malin plaisir à voir ce col blanc sous un bleu de travail. Arthur contrôle la fabrication des crayons, assis la plupart du temps sur son tabouret haut. Pour atténuer la monotonie, un vieux poste de radio à la molette cassée rythme sa journée. Ce compagnon à la voix métallique postillonne du matin au soir dans ses tympans les émissions de France Inter.

*Avez-vous remarqué que nous portons toujours moins de couleurs en Occident ? Pourquoi cette mode du noir et blanc a-t-elle gagné notre dressing ? Tout a peut-être commencé en 1860, en Angleterre. Édouard VII, encore prince de Galles, adorait fumer le cigare, mais sa femme se plaignait de l'odeur de tabac froid qui imprégnait ses vêtements. Il a donc demandé à son tailleur de lui confectionner une tenue spéciale pour jouer aux cartes et fumer dans son club londonien. C'est ainsi qu'est né le smoking, que les nobles anglais adoptèrent très vite. Quelle audace à l'époque de porter les mêmes couleurs que les domestiques ! Cette mode pingouin a rapidement traversé l'Atlantique. Les New-Yorkais l'ont suivie en masse à la fin du XIXᵉ siècle. Et c'est devenu le vêtement masculin de rigueur dans les soirées chics et les galas de charité. Encore de nos jours, il est obligatoire pour monter les marches du Festival de Cannes. Et puis, regardez James Bond, le plus élégant de tous les hommes, pas un épisode où il n'est vêtu de son fameux smoking. Regardez aujourd'hui les couleurs que portent nos grands couturiers, qui symbolisent la mode. De Karl Lagerfeld à Marc Jacobs en passant par Chantal Thomass, ils sont tous habillés en noir ou en noir et blanc. Même Jean Paul Gaultier a abandonné sa marinière bleu marine pour porter costume noir et cravate noire.*

*Et les femmes dans tout ça ? Après la Première Guerre mondiale, elles étaient nombreuses à porter le deuil noir de leur époux. La mode féminine était pourtant encore aux toilettes vives d'un Paul Poiret. Jusqu'au jour où Coco Chanel créa sa fameuse petite robe noire, qui fit la couverture de Vogue en 1926. Bien sûr, cette couleur a fait scandale. Mais les dames, qui voulaient s'émanciper en ces Années folles, l'ont trouvée à leur goût. Plus tard, Audrey Hepburn et Catherine Deneuve par exemple ont été les plus belles ambassadrices des petites robes noires. Pour Karl Lagerfeld, c'est toujours « la base de la base du style ».*

*Ajoutez l'influence sur les garde-robes des deux sexes de plusieurs phénomènes de mode populaires : les blousons noirs des motards sur leur Harley-Davidson, ou encore les Sex Pistols arborant le « No Future ». Amis auditeurs, est-ce que notre société verrait l'avenir en noir ?*

*À la semaine prochaine.*

Sylvie, la productrice, lui touche l'épaule pour lui indiquer que le micro est coupé.

— Le noir, ça symbolise le No Future ? répète Sylvie. Mais c'est horrible !

— Si cette menace peut aider les gens à s'habiller un peu plus en couleur, j'en serais heureuse, dit Charlotte en rallumant son BlackBerry.

Sylvie a trente ans exactement. Ainsi en a-t-elle décidé il y a une bonne quinzaine d'années, confiant aux aiguilles de Botox le soin de bloquer celles du temps. Le jour où Charlotte lui a demandé la permission de toucher son visage, elle a eu toutes les difficultés du monde à ne pas faire la grimace. Malgré des traits réguliers, ce visage, sous son épaisse couche de fond de teint, lui semblait difforme. « Tu es magnifique », avait menti Charlotte pour ne pas la peiner.

Grâce à l'aide audio, Charlotte parvient à afficher rapidement sur l'écran de son BlackBerry les photos qu'elle a prises la veille à la volée. La plupart sont mal cadrées mais sur l'une d'entre elles, on reconnaît parfaitement Arthur, une bière à la main.

— J'ai pris ces photos depuis ma fenêtre. Qu'est-ce que tu vois ?

— Un voisin qui te dévore des yeux.

— Il ressemble à quoi ?

— À un vicelard sexy, répond la productrice avec un éclat dans son œil azur. Une autre voisine qui n'aime pas être matée a déjà dû lui mettre un coup de boule sur le nez. J'adore...

Charlotte fulmine.

— Je sentais bien qu'il y avait une présence.

— Tu as des yeux derrière la tête, plus développés que les nôtres !

— Pas plus que tous ceux qui écoutent leurs pressentiments, dit-elle en réajustant ses lunettes vert pomme.

Si Charlotte Da Fonseca est devenue l'une des plus grandes spécialistes de la couleur, c'était d'abord par simple provocation. Pendant ses études supérieures en neurosciences, son directeur de thèse, qu'elle ne supportait pas, lui demanda un jour quel serait son sujet de recherche pour son doctorat ; elle répondit sans hésiter « la couleur ».

— Vous plaisantez ? s'était étonné le professeur.

— Pourquoi ? lui avait-elle rétorqué d'une voix aussi douce que son sourire. Vous savez aussi bien que moi que la couleur n'est qu'illusion. Qu'elle n'existe que lorsqu'on la regarde, comme dit Michel Pastoureau. Il n'y a pas deux personnes sur terre qui voient exactement les mêmes couleurs. Personnellement, je ne me fais pas avoir par cette illusion. J'ai donc la chance d'avoir un recul que vous n'avez pas.

C'est à cet instant précis que l'universitaire la considéra enfin comme l'étudiante brillante qu'elle était, et non plus seulement comme une aveugle très jolie se baladant avec un chien. Il l'aida et l'encouragea plus qu'il ne le fit pour aucun autre élève. Trois ans plus tard, Charlotte entrait par la grande porte au CNRS comme chargée de recherche première classe. Quelques mois plus tard, Mehdi Tocque, le rédacteur en chef de France Inter, eut vent de ce profil atypique et voulut la recruter. Il pensait à des chroniques de vulgarisation des dernières découvertes scientifiques sur la couleur, pimentées de quelques anecdotes historiques dont raffole le grand public. Charlotte avait posé une condition avant d'accepter : que son handicap ne soit pas un argument marketing pour la radio. Elle fit un essai d'un mois, au terme duquel sa chronique s'avéra être l'une des plus podcastées.

Après la naissance de sa fille, Charlotte se mit en disponibilité du CNRS pour pouvoir s'en occuper le plus possible. Sa notoriété médiatique lui permettait de publier dans de nombreuses revues et de gagner confortablement sa vie, même si elle avait toujours refusé les conférences ou les invitations à la télévision. Elle refusait que le sujet se focalise sur sa condition d'aveugle au lieu de rester centré sur les avancées de la science dans la perception des couleurs.

Ainsi, seuls les employés de la Maison de la Radio et ses proches savent que la voix expliquant, par exemple, que d'un point de vue purement physique et contrairement à notre ressenti, le bleu est une couleur plus chaude que le rouge, appartient à une personne qui n'a jamais vu ni le rouge ni le bleu.

Comme chaque matin à huit heures précises, Adrien Cluzel se recoiffe devant le reflet de la vitrine renfermant la collection complète des crayons de couleur Cluzel époque par époque. Il positionne méticuleusement la longue mèche alezane qui prend naissance au-dessus de son oreille gauche pour s'effilocher au-dessus de l'oreille droite. Cluzel se cherche désespérément des cheveux blancs, qui ont l'avantage de moins tomber. Avec tous mes soucis, j'aurais pu au moins m'en trouver quelques-uns, se dit-il. Mais non, aucun. Les cheveux de Cluzel sont tous pigmentés et ne demandent qu'à tomber, comme les feuilles d'automne dont ils ont la couleur. Il en compte sept sur son peigne. Par la fenêtre, les arbres affichent un extraordinaire camaïeu rouge orangé.

Il réajuste sa large cravate rayée aigue-marine et blanc et sort de son bureau vitré qui domine la petite usine.

Quatre générations d'enfants ont appris à colorier avec des Gaston Cluzel. Quatre générations sauf la dernière, qui préfère colorier sur iPad ou dont les parents choisissent des crayons de couleur bon marché fabriqués en Chine.

J'ai l'impression de monter à l'échafaud, pense-t-il en descendant l'escalier cobalt. Dans ses mains, une enveloppe kraft pour chacun de ses salariés.

— Réunion ! hurle-t-il.

Devant la demi-douzaine de personnes stationnant dans la salle des machines, il modère son ton.

— Je vous ai tous réunis pour vous annoncer une nouvelle que vous subodorez depuis longtemps.

(Tout le monde subodore surtout que Cluzel aime bien parsemer ses phrases de mots ampoulés pour montrer qu'il est le chef.)

— Dans la perspective d'un redressement judiciaire ad hoc pour N+1 qui fait qu'on ne coulerait pas, vous savez que j'ai tenté l'impossible, même si nul n'y est tenu.

— Ça ne sent pas bon, traduit Arthur à voix basse.

— Taisez-vous, Picasso ! Et puis éteignez-moi cette radio ! Où en étais-je ? heu... oui ! Vous aviez peur qu'on soit repris par une multinationale sans scrupule. Eh bien, ça n'arrivera pas ! dit-il d'un ton mi-victorieux, mi-défaitiste. Techniquement, nous sommes depuis hier en cessation d'activité, ajoute-t-il en baissant la voix.

Cluzel laisse sa mèche rebelle cacher ses yeux rougis par l'angoisse des lendemains noirs. L'aventure Gaston Cluzel s'arrête avec lui, mais son éducation l'oblige à conserver la posture du patron. Il a aussi hérité d'un coquet manoir à Cabourg et d'un chalet à la montagne, ce qui contribuera à mettre un peu de couleurs dans sa retraite anticipée. Il distribue sans un mot les enveloppes brunes.

— On fabrique encore tout ce qu'on peut fabriquer, et puis on arrête, lâche-t-il en retournant dans son perchoir vitré.

*Alerte sur lemonde.fr*
*Aujourd'hui, plus d'une voiture sur deux vendues dans le monde est de couleur blanche.*

Charlotte avait eu un immense chagrin en perdant son labrador Caramel, sept ans plus tôt. Les neuf écoles françaises de chiens guides d'aveugles croulent sous les demandes sans pouvoir répondre à toutes, faute de dons suffisants et de familles pour accueillir les chiots en formation. Elle savait qu'il faudrait attendre plusieurs années pour en retrouver un. Mais elle aimait tant son fidèle compagnon que cela lui était égal. Pour faire son deuil, elle avait décidé de partir seule à New York fêter la nouvelle année.

Charlotte ne se sentait pas vraiment diminuée par son handicap. Certes, il lui manquait un sens, mais ses quatre autres étaient tellement aiguisés que son principal problème était de devoir affronter ce regard un peu apitoyé des « voyants » qu'elle rencontrait. Quand quelqu'un la qualifiait de « non-voyante », elle le corrigeait en affirmant qu'elle préférait le mot « aveugle ». L'euphémisme traduisant pour elle simplement la gêne de son interlocuteur. Charlotte assumait parfaitement.

À Time Square, parmi une foule de plusieurs dizaines de milliers de personnes, elle avait volontairement replié sa canne blanche et l'avait dissimulée dans son sac en bandoulière. L'ambiance était bon enfant, joyeuse, insouciante. À minuit, les vœux de bonne année avaient fusé de tous côtés et dans toutes les langues. Un jeune homme d'environ vingt ans, d'après le timbre de voix, lui avait lancé un « *happy new year* » avec l'accent du Bronx, auquel elle avait répondu, histoire d'entamer la conversation et de faire connaissance, mais il était déjà reparti, égrenant ses souhaits à tous ceux qu'il croisait. Il n'était pas le seul. Des voix graves, aiguës, jeunes, âgées, répétaient le même « *happy new year* ». Charlotte rêvait depuis longtemps de cet instant. Pourtant, cette cacophonie la mettait mal à l'aise. Cela lui faisait penser aux musiciens en train d'accorder leurs instruments avant un concert. Ça sonnait faux. Cela tournait au ridicule. Chaque vœu devenait comme un acouphène qui torturait ses oreilles. Il était minuit dix. Plus la foule se densifiait, plus elle se sentait seule. La pire des solitudes, celle qu'on éprouve au milieu des autres. Elle refusait de singer ces perroquets. Elle voulait partir. Rentrer à son hôtel. Elle déplia sa canne et s'éloigna d'un pas décidé, effleurant avec le capuchon en caoutchouc blanc de sa canne les chaussures des fêtards plus ou moins éméchés. Elle se retrouva dans une rue un peu plus calme. Les battements de son cœur ralentirent. Elle se détendait à mesure que le bruit diminuait.

Grincement de freins. Une voix avec un fort accent indien l'avait interpellée à travers la vitre ouverte d'une voiture.

— *Need a cab ?*

Elle avait reconnu l'effluve d'un parfum, Eau sauvage. De l'intérieur lui venaient les bribes d'une musique brésilienne. Un chauffeur de taxi probablement indien vivant à New York et portant un parfum français au son de la bossa. Voilà ce qu'elle recherchait en voyage : des expériences inattendues.

— *Yes*, avait-elle répondu simplement en attrapant sans difficulté la poignée de la porte.

Elle se sentait bien, bercée par cette musique langoureuse. Le chauffage, qui marchait à fond, contrastait avec le froid extérieur. Elle n'aurait voulu être nulle part ailleurs que là, dans ce taxi.

— *Where do you want to go ?* fit le chauffeur d'une voix qui résonna dans tout le corps de Charlotte.

Elle s'entendit répondre du tac au tac :

— *In your arms.*

Ils firent le tour du monde à l'arrière du taxi, avec plusieurs crochets par le septième ciel. Neuf mois plus tard naissait Louise. Charlotte ne connaissait même pas le prénom du père. Elle savait d'après la carte jaune et noire qu'elle gardait toujours dans son sac qu'il s'appelait

A. Goulamali. A comme Abha, la lumière ? Peut-être Abhra, le nuage ? ou Arvind, le lotus rouge ?

Elle s'était promis de reprendre contact un jour avec le géniteur de sa fille. Curiosité ? Fantasme ? Reconnaissance ? Culpabilité de lui avoir « emprunté » sans son accord un spermatozoïde particulièrement vaillant ? Au fond d'elle-même, elle savait qu'un jour, Louise lui poserait LA question. Forcément. Et pour le moment, Charlotte n'a pas décidé de sa réponse. Lui dire la vérité au risque de créer des turbulences dans une famille new-yorkaise si elle cherchait à faire sa connaissance ? Ou lui mentir en prétendant ignorer qui est son père ?

Sylvie remarque le passeport dépassant du sac à main de Charlotte.

— C'est ton père qui garde Louise ?

— Oui, il vient s'installer quelques jours à la maison.

— Tu as trop de la chance ! J'adorerais voir New York moi aussi.

— Je t'avoue que j'ai une petite boule à l'estomac.

— Tu le vois quand ton bel Indien ?

— J'atterris à l'aube demain matin. Il vient me chercher à l'aéroport.

— Il sait qui tu es ?!

— Bien sûr que non ! Je l'ai appelé comme n'importe quelle cliente, pour commander un taxi.

— Tu as pris un hôtel ou tu dors dans sa voiture ? la taquine Sylvie.

— Je te déteste ! dit Charlotte en pinçant le bras de sa productrice. Je ne sais pas si je suis là la semaine prochaine !

— M'en fiche ! Tu as une dizaine de chroniques d'avance. Aïe ! mon bras !

Arthur, même s'il s'y attendait, est abasourdi. Il regarde sans oser l'ouvrir l'enveloppe kraft posée à côté du vieux poste de radio. Il met le son à fond et se dirige vers les chaudrons en début de chaîne, ceux qui sont dédiés à la fabrication des mines. À chaque chaudron est attribuée une couleur. Dans ces vingt-quatre grosses casseroles en cuivre centenaires bouillent à petit feu les derniers stocks d'additifs, de gommes-résines et de cires. Il ne manque que les pigments de couleur, à incorporer en fin de cuisson.

Après avoir effectué un rapide inventaire des étagères où ne restent que quelques planches de cèdre, Arthur en déduit que l'on peut fabriquer, au mieux, un petit millier de crayons. Il y a toutefois des pigments de couleur en quantité, emballés dans du film cellophane transparent, soigneusement classés et respectant l'ordre de l'arc-en-ciel.

C'est ce qui a le plus de valeur dans la fabrication d'un crayon. Par mesure d'économie, Cluzel avait exigé qu'on réduise légèrement les quantités des pigments. La qualité des crayons s'en était ressentie. Le coloriage nécessitait dorénavant un peu plus d'allers-retours, mais personne ne s'était plaint.

Arthur attend que l'eau en ébullition s'évapore des chaudrons et lorsque la consistance de la pâte lui semble parfaite, il vide dans le premier chaudron la dose recommandée par Cluzel, soit sept cent cinquante grammes de pigments. Mais il se ravise et décide de verser tout le stock restant de pigment jaune, soit douze kilos. Plus de quinze fois la dose recommandée par ce pingre de Cluzel ! Arthur, qui souhaite finir son travail en beauté, se dit qu'au moins, les derniers crayons seront de bonne qualité.

Il fait de même avec chacune des vingt-trois autres couleurs.

Arthur bascule le premier chaudron dans la chaîne de production. La pâte, encore blanchâtre à ce stade, tombe dans le hachoir puis est comprimée et envoyée dans l'extrudeuse, qui la presse au diamètre de la mine.

La pâte prend alors la forme d'une mine sans fin qui vient glisser sur un tapis roulant. Celle-ci est plongée dans un bain de cire chimique qui révèle les couleurs. À quoi ressemblera la mine avec une telle quantité de pigments ? Cela préoccupe un peu Arthur, qui s'étonne de ressentir, alors même qu'il est trop tard, autant de conscience professionnelle. La mine vire doucement à l'écru, puis à l'ivoire, puis à la coquille d'œuf, puis au soufre, puis au jonquille, jusqu'à se parer d'un jaune primaire resplendissant. Sur une dizaine de mètres, elle possède maintenant une incroyable saturation. Le même miracle a lieu pour chacune des mines. L'intensité de la bleue dépasse celle du bleu outremer. Rouge, rose, jaune, orange, violet…, chaque couleur revêt une profondeur abyssale.

Arthur suit le parcours automatisé. Les mines coupées tous les dix-huit centimètres rejoignent une à une les lames de bois de cèdre de Californie, rainurées dans le sens de la longueur et encollées. Chaque mine prend sa place dans la rainure. Une deuxième lame de bois se colle pardessus, venant la recouvrir comme le couvercle d'un sarcophage.

Un peu plus loin, une machine sculpte l'ensemble en forme hexagonale et taille la mine. Enfin, une imprimante sérigraphie le logo Gaston Cluzel sur le crayon. Les crayons terminés tombent dans un bac. Solange, en bout de chaîne, les contrôle un à un et les range dans leurs boîtes selon un ordre précis. Les gestes de la doyenne de l'usine sont méticuleux, soigneux, mais un peu moins rapides que d'habitude. Elle hume comme chaque jour les odeurs de bois qui se mélangent avec celles, chimiques, des colorants. Cet effluve l'avait incommodée la première fois qu'elle était venue à l'usine, trente ans auparavant. Mais désormais, c'est une drogue. Solange se demande si elle pourra s'en passer. Le week-end, cette odeur lui manque. Son absence lui rappelle sa solitude. Solange arbore une soixantaine discrète, des traits ni beaux, ni moches, une taille moyenne. Sa coquetterie sans ostentation, ses propos toujours mesurés lui confèrent un côté passe-muraille. Il faut la chercher pour savoir si elle est là. Sauf aujourd'hui où ses longs soupirs accompagnent bruyamment chacune de ses respirations. Arthur ne trouve rien de mieux pour la consoler que de lui tendre à intervalles réguliers un mouchoir en papier.

Ajay monte dans son taxi et démarre son Checker Marathon de 1982, l'un des derniers véhicules de ce modèle, fabriqué par la firme de Kalamazoo dans le Michigan. 800 tours/minute. Il laisse ronronner l'engin, ferme ses yeux en amande et voit dans ses paupières closes une tache parme clignoter au rythme du moteur. Ses lèvres s'étirent imperceptiblement sur son visage paisible. Il se sent bien. Le moteur chauffe. 850 tours/minute. La tache lui apparaît maintenant en continu et prend petit à petit une teinte pourpre. Ajay, les yeux toujours clos, vérifie que la boîte de vitesses est bien au point mort et accélère très légèrement. 1 000 tours/minute. La tache brune vire instantanément à l'orangé. La même couleur que sa propre voix. Ajay accélère encore. Aussitôt la couleur évolue, couvrant quasiment l'ensemble du spectre. À 4 000 tours/minute, la tache est bleu acier. Ajay n'a jamais osé dépasser le vert anis aux environs de 5 000 tours/minute, pour ne pas trop fatiguer son vieux moteur. S'il appuyait à fond, suppose-t-il, il verrait du jaune. Mais pour cela, il lui suffit d'ouvrir les yeux et d'admirer la carrosserie de sa voiture.

Ajay a découvert ce don particulier de synesthésie à l'adolescence. Exactement le jour où il comprit que les autres en étaient dépourvus. Ce phénomène neurologique associant plusieurs sens ne concerne que 4 % de la population. Certains types de synesthésie associent des couleurs à des lettres, d'autres à des chiffres, d'autres aux mois de l'année. On en dénombre plus de cent cinquante formes différentes. Pour Ajay, quelques sons particuliers sont associés à des couleurs. On parle alors de synopsie. Des musiciens comme le pianiste Michel Petrucciani ou le compositeur Alexandre Scriabine étaient synesthètes. Ajay ne se l'explique pas. La science non plus. Les mathématiciens ont vainement essayé de trouver un rapport entre la longueur d'onde des couleurs et des sons. Pas davantage d'explication du côté des neurosciences.

Il y a une vingtaine d'années, le jeune Ajay était en vacances à New York. Issus d'une classe aisée de Delhi, ses parents s'offraient chaque année un beau voyage en famille. Son père et sa mère étaient émerveillés par les grandes tours de Manhattan. Lui, par le bruit du moteur des vieux taxis. Aucun son ne lui avait encore évoqué des couleurs aussi belles, aussi fortes, aussi saturées. C'était décidé. Ce riche enfant, lointain descendant d'une famille de maharadjahs, serait chauffeur de taxi à New York. Cela amusa longtemps ses parents jusqu'au jour où ils comprirent qu'il ne plaisantait pas. Eux ne plaisantèrent plus non plus. Ils le répudièrent en lui donnant seulement le pactole nécessaire pour l'achat d'un billet d'avion, d'une voiture et d'une licence de taxi.

La violente réaction de ses parents vient certainement du fait que sa famille appartient à la caste guerrière des kshatriyas. Que leur fils s'abaisse à exercer un métier réservé aux sikhs, c'était pour eux intolérable.

Ajay s'en moque. À vingt-huit ans, ce garçon élancé à la peau mate est heureux de son sort. Il est maintenant riche de millions de couleurs. Tout ce qu'il a aujourd'hui hérité de ses parents, c'est le goût des voyages. Chaque année, il fait ses valises et s'échappe une semaine pour voir et entendre partout dans le monde de nouvelles couleurs.

Ajay ouvre les yeux à regret. Il faut bien aller travailler. Depuis trois jours, il est un peu troublé. Une cliente l'a appelé pour réserver le taxi. La couleur de sa voix est exactement la même que celle d'une aveugle qu'il avait rencontrée un soir de réveillon. Une couleur qu'il n'était pas près d'oublier. Un parme légèrement rosé qu'il retrouve quand le compte-tours de sa voiture indique précisément 1 650 tours/minute. Il doit aller chercher cette cliente à l'aéroport en début d'après-midi.

Arthur aperçoit Cluzel en train de faire visiter l'usine à un personnage lugubre. Un repreneur ?

— Là, c'est l'ensemble robotisé qui fabrique les crayons, explique-t-il à l'inconnu, des fois que celui-ci n'ait pas le sens de l'observation.

Cluzel se penche sur l'épaule de Solange et saisit une poignée de crayons dans le stock. Il est surpris par la densité des couleurs des mines, les scrute attentivement, mais ne fait aucun commentaire.

Un livreur pourvu d'un double menton et d'un triple ventre a fait son entrée dans l'usine, un casque logotypé Vespa vissé sur la tête. Une fois sa visière relevée, Arthur reconnaît Momo, l'un de ses comparses de bar, venu déposer un colis. Il lui fait un petit signe de la main, que Momo lui retourne sans pour autant enlever son casque jaune maïs. Comment Momo fait-il pour ne pas avoir d'accident avec un verre de blanc dans le sang à l'heure du petit déjeuner ? Et c'est déjà un miracle que sa Vespa opaline puisse supporter son poids. Cluzel vient à sa rencontre et Momo lui tend un stylo pour signer le reçu, mais celui-ci ne marche pas. Cluzel choisit parmi ses crayons un rouge primaire.

— Gardez-le, dit-il à Momo après avoir griffonné le bon de réception. Mes crayons, eux, ils ne tombent jamais en panne.

Arthur observe son copain quitter l'usine, le pas lourd. Il ne voit pas passer devant lui, à petite vitesse sur le tapis roulant, un ultime crayon jaune dont l'éclat rappelle les coffres remplis de pièces d'or des dessins animés de Walt Disney. Il ne le voit pas s'éloigner et tomber dans l'immense bac devant Solange. C'est le dernier crayon jaune produit par l'usine Gaston Cluzel.

# Chapitre 2

## Ou quand le jaune nous fait marron

« *Yellow ! Yellow ? Yellow…* », répète sur tous les tons Ajay, pétrifié devant son taxi, un chiffon à la main. Il vient de déposer un client à Brooklyn et s'est arrêté au McDonald's pour boire un thé qu'il a trouvé, comme à chaque fois, *disgusting*. Et comme à chaque fois, la conviction que le thé est meilleur dans son pays d'origine lui procure une jubilation exagérée. Lorsque Ajay sort du fast-food, il ne voit plus sa voiture sous la lumière très blanche des lampadaires. Il court vers l'entrée du parking, rien à l'horizon. On lui a volé son gagne-pain roulant. La place où il pensait l'avoir garé est maintenant occupée par un véhicule gris clair. Le même modèle Checker Marathon, la même pub en panneau biface sur le toit, le même couvre-siège en billes de bois dédié à masser les lombaires, le même portrait de Ganesh, en partie caché par la photo de sa mère sur le tableau de bord… Le sourire espiègle de cette belle Indienne distinguée semble lui dire : « Et alors ? Tu ne comprends pas ? »

Soudain il comprend. C'est bien son taxi, mais il a changé de couleur. Il est devenu gris. Une explication traverse aussitôt l'esprit d'Ajay : c'est une caméra cachée. On est en train de lui faire une bonne blague, il va passer à la télé. Ajay cherche les caméras, il n'y en a pas. Il voit bien que le M du logo McDonald's a lui aussi perdu sa couleur, mais n'a pas le temps de s'en préoccuper. D'un geste désespéré, il sort un chiffon de son coffre et commence à frotter la carrosserie, qui s'obstine à rester décolorée. Ajay demeure cinq bonnes minutes ainsi, répétant « *yellow* ». Il grimpe dans son véhicule et quitte le parking à dix miles/heure, incapable de rouler plus vite. Puis il accélère à fond tout en restant en première pour faire monter les tours. Le vieil engin crie son mécontentement devant cette subite maltraitance. Ajay roule à 60 miles sur l'autoroute en direction de JFK. Le moteur tourne à 5 000 tours/minute. Il ferme les yeux et voit apparaître la tache vert anis. Le pied au plancher, 6 500 tours/minute. Le moteur hurle de rage. Ajay aussi : la tache a viré au kaki. Il relève les paupières et se lève sur son frein, juste à temps pour ne pas emboutir une voiture juste devant lui. « *Yellow* », peste-t-il une nouvelle fois, en s'arrêtant sur une aire de repos.

Au même moment, Pierrette Sounillac, ancienne chef étoilée et aujourd'hui retraitée, sort de sa vieille 2 CV break avec un cageot de pamplemousses acheté à l'aube à Rungis. Les fruits ont une sale couleur grège. Elle peste contre son maraîcher et se promet de réclamer le remboursement de la marchandise.

Au même moment, Dave Mahé, directeur France chez 3M, verse dans sa main une pilule blanche baptisée Lexomil, qu'il extrait d'une boîte bleu layette et anis. Il la gobe nerveusement en découvrant que les mille huit cents tonnes de Post-it jaunes stockés dans leur entrepôt de Saint-Ouen-l'Aumône sont devenus gris.

Au même moment, Gilbert lance à sa femme un œil noir. Les œufs au plat qu'elle lui a préparés pour le déjeuner ressemblent aux œufs couvés dont elle se régale en Chine, son pays natal.

Au même moment, un avion Air France se pose à l'aéroport JFK à New York. Charlotte en profite pour rallumer son téléphone qui aussitôt vibre deux fois pour lui indiquer une alerte.

*Alerte sur lemonde.fr*
« *La couleur jaune a disparu* », annonce une voix métallique.

Au même moment, quelques mètres devant elle, un passager horrifié pousse un cri.
— Tes cheveux, ma chérie, ils sont tout gris !

Le mot *yellow* résonne avec angoisse dans la bouche de tous les passagers. Charlotte fouille dans son sac jusqu'à trouver ses clefs accrochées à un petit canari en peluche. C'est sa fille qui l'avait choisi dans une boutique de gadgets. Elle le sort du sac et le caresse avec une attention maximale. La texture est moelleuse. Sa composition synthétique lui donne un toucher très légèrement soyeux. Pour moi, c'est toujours le même canari, conclut Charlotte.

Elle rassemble ses affaires, déplie sa canne blanche et suit le mouvement pour sortir de l'avion en essayant de comprendre ce qu'il se passe.

Le téléphone de Charlotte vibre.

— Ouf tu es arrivée ! dit la voix paniquée de Sylvie. Tu es au courant ? Le jaune a disparu !

— Ça veut dire quoi, disparu ?

— Tout ce qui était jaune est maintenant gris.

43

— C'est impossible !

— À la rédaction, c'est la panique. Tu passes sur les ondes en direct.

— Mais je n'ai aucune explication rationnelle !

— Tu as bien une jolie histoire sur le jaune ?

— Non.

— Je suis sûre que si ! Micro dans quatre minutes.

Charlotte cherche à tâtons un siège vide et se rassoit. Le siège est beaucoup plus large. Certainement un siège de première classe.

— Vous allez bien, madame ? lui demande une voix féminine.

— Non ! heu... un verre d'eau, s'il vous plaît, dit-elle pour éloigner l'hôtesse.

Elle sent des gouttes de transpiration qui tentent de s'enfuir de tous les pores de sa peau. Des lâches qui quittent le navire. Charlotte inspire et expire profondément. Technique de respiration lente pour recouvrer ses facultés intellectuelles. Soudain en inspirant : une inspiration !

Charlotte fait des grimaces. Des mouvements pour échauffer ses maxillaires qui l'aideront à bien articuler.

Dans le téléphone résonne le jingle de sa chronique.

Charlotte remplit ses poumons d'air frais et étire ses lèvres pour sourire.

*Panique dans la communauté scientifique. Le jaune ne serait plus. Aucune explication rationnelle pour l'instant. Mais peut-être était-il vexé d'être considéré comme la moins belle des couleurs dans de nombreuses civilisations. Eh oui, le rire n'est pas beau quand il est de cette couleur. C'est aussi la couleur des cocus et des vêtements de Judas. C'est également celle que les nazis ont choisie intentionnellement pour l'étoile des Juifs.*

*Certains trouvent pourtant cette couleur très belle, comme un certain John Hertz. La couleur jaune a fait sa fortune il y a exactement un siècle. Cet homme gérait, au début du XX$^e$ siècle, la compagnie de taxis de Chicago, dont les carrosseries étaient noires. Comme les freins et les suspensions des véhicules étaient alors de piètre qualité, les accidents étaient fréquents. Quand Hertz eut l'opportunité de créer une compagnie de taxis à New York, il se dit que si ses taxis étaient visibles de loin par les piétons, mais aussi par les autres automobilistes, cela réduirait le nombre d'accidents. Il chercha donc quelles étaient les couleurs les plus contrastées. À sa grande surprise, ce n'était pas le noir et le blanc, mais le noir et le jaune. Il choisit donc ces deux couleurs pour sa nouvelle flotte et créa la compagnie Yellow Cabs. Une récente étude menée à Singapour a confirmé que les taxis jaunes de cette île avaient 9 % de risques en moins d'être impliqués dans des accidents que ceux de couleur sombre. C'est une couleur qui sauve donc des vies sur la route.*

*Reviens, jaune, reviens, s'il te plaît ! On t'aime !*
*Et moi je reviens vers vous, chers auditeurs, dès*
*que nous aurons trouvé une explication scienti-*
*fique à ce phénomène aussi surprenant que mys-*
*térieux.*

L'hôtesse s'approche à ce moment-là avec son verre d'eau et propose de l'accompagner dans l'aéroport jusqu'à son taxi. Longs couloirs. Douane. Salle des bagages. En arrivant dans le hall, les odeurs sont d'un coup beaucoup plus puissantes. Des odeurs de nourriture, de café et d'épices qui ne suffisent pas à masquer celle de transpiration des voyageurs fatigués.

En s'approchant de la foule qui ne parle que de jaune, Charlotte respire l'acidité des marqueurs qu'utilisent les chauffeurs de taxi pour écrire sur des ardoises blanches le nom des passagers qu'ils sont venus chercher. Charlotte en oublie le jaune. Elle ressent aussitôt un petit pincement au cœur. Sept ans qu'elle attend ce jour. Sept ans qu'elle se demande si c'est une bonne idée d'entrer en contact avec le père de Louise. Après tout, il y a peu de chance qu'il la reconnaisse, se ment-elle. Et elle pourra ne pas se présenter si elle estime que c'est mieux ainsi.

La lumière laiteuse d'un soleil blanchâtre perce à travers les vitres du taxi d'Ajay. Pour la première fois depuis sept ans, il s'est installé à l'arrière de sa voiture et s'est abandonné au sommeil. Au cauchemar, plus exactement. Il voit partout le jaune disparaître. Ce qui le hante, c'est ce Marsupilami qu'il avait complètement oublié. Un cadeau de ses parents il y a très longtemps lors de son voyage en France. Dans ses songes, le Marsupilami contemple son reflet gris dans la vitrine d'un grand magasin parisien avant de rebondir sur les immeubles haussmanniens et de se retrouver perché sur une boîte aux lettres décolorée.

Son téléphone le réveille. C'est l'appel d'un correspondant étranger. Sans doute la cliente qu'il devait aller chercher à JFK, se dit-il. Ajay baisse la vitre, se penche à l'extérieur et regarde la carrosserie de sa voiture. Elle a toujours la même teinte gris tourterelle. Ajay signifie « invincible » en hindi. Aujourd'hui, il porte mal son prénom. Il rejette l'appel, s'enfouit à nouveau sous sa veste pour se protéger de la lumière et se rendort aussitôt. Son Marsupilami gris lui fait une vilaine grimace.

# Chapitre 3

## Le jour où tous les chats sont gris

Arthur surveille les derniers crayons qui défilent sur le tapis roulant. Ironie du sort, ce sont les verts, couleur de l'espoir. Il se tourne vers son patron et met les bras en croix devant lui pour lui signifier que les vingt-quatre chaudrons de couleur sont désormais vides. La dernière mine prend place dans son sarcophage de bois. Elle défile sur le tapis roulant et rejoint Solange, qui complète une dernière boîte de vingt-quatre crayons de couleur à l'éclat incomparable, si ce n'est le jaune maintenant gris. Les yeux rougis, Solange serre fort dans ses mains cette dernière boîte. Arthur éteint les machines. Le silence est assourdissant. Il s'approche d'elle et pose la main sur son épaule afin de la réconforter. Il sort du bac un crayon rose orphelin et dessine sur le livre de bord de la chaîne de montage un smiley triste. Il griffonne à côté du smiley son dernier compte rendu : « 15 h 29, *game over*. »

Il coince le crayon de couleur derrière son oreille, et tente un ton de charcutier pour la faire rire.

— Et avec ceciiii, madame Solange, je vous mets quoi comme emmerde ?

La lumière des néons perd progressivement sa couleur blafarde légèrement verdâtre pour devenir de plus en plus blanche. Au même moment, le smiley glisse doucement du rose bonbon au rose dragée, puis à l'incarnadin, puis au gris tourterelle, enfin au gris cendré. Il croise Cluzel, dont la peau déjà pâle a perdu toute saturation.

Au même moment, dans les bureaux de Radio France, Sylvie contemple d'un air dégoûté le sac Hermès que Mehdi Tocque lui a offert la veille. Il est devenu lavasse. « La teinture orange n'a même pas tenu une journée ! Je suis sûre qu'il m'a offert une imitation, le salaud ! »

Au même moment, sur le trou numéro 18 du golf national, le même Mehdi Tocque rate son *birdie putt*, déconcentré par le green « malade » sous ses pieds.

Au même moment, Lucien, le père de Charlotte, éteint et rallume son Mac. Son fond d'écran, qui affiche la photo d'un petit voilier perdu dans un lagon de Tahiti, est subitement devenu noir et blanc. « Et on prétend qu'il n'y a pas de virus dans les Mac ! » peste-t-il.

Au même moment, à Notre-Dame, l'archevêque de Paris prend sur lui pour ne pas recracher dans son calice le « sang du Christ » couleur café noir devant ses fidèles.

Au même moment, Charlotte, dans l'aéroport de JFK, perçoit une rumeur monter. De plus en plus forte. « *Oh my God! Oh my God!* » entend-elle dans tous les timbres de voix. Des voyageurs de plus en plus affolés.

Quelques secondes plus tard, dans un magasin Zara implanté dans un centre commercial,
une dizaine de smartphones vibrent en même
temps. C'est un client d'une trentaine d'années,
chemise blanche et cravate noire, qui lit le premier l'alerte du Monde.fr : « *Toutes les couleurs
ont disparu.* »

Il regarde autour de lui sans comprendre et
pour cause : les vêtements exposés sont gris,
noirs ou blancs et le sol du magasin est habillé
d'un gris neutre que viennent compléter des murs
blancs. Rien que de très habituel. L'homme en
oublie l'alerte. Il essaye un costume slim gris clair
et se tord devant la glace pour vérifier comment
il tombe au niveau de ses fesses. Le pantalon
est plutôt bien coupé. Il réfléchit, hésite, change
d'avis plusieurs fois et, finalement, décide de ne
pas l'acheter. Il se trouve un peu grise mine dans
ce costume. En sortant du magasin, il marche
dans la galerie au sol carrelé noir, passe devant
quelques vitrines. Tous les mannequins blancs

sont revêtus de vêtements anthracite plus ou moins foncés. Il croise quelques fashionistas vêtues de noir de la tête aux pieds, descend dans le parking par un ascenseur gris métallisé et rejoint sa voiture noire, intérieur cuir noir. Dans la lueur blanche des phares, il quitte le parking aux murs de béton brut, et emprunte la rampe hélicoïdale. Au moment où il met en marche la radio, la voix paniquée d'un journaliste fait remarquer que l'on ne peut encore imaginer toutes les conséquences de la disparition des couleurs. Il fronce les sourcils sans toujours bien comprendre de quoi il s'agit, s'engage sur la chaussée entre deux bâtiments du même gris que le ciel. Il aperçoit une lumière vive crachée par un feu de signalisation et qu'il dépasse sans freiner. Il grille le feu gris et percute de plein fouet une voiture surgissant par la gauche. La dernière chose qu'il voit, c'est un liquide noirâtre visqueux jaillir et souiller la manche de sa chemise blanche.

Karl Lagerfeld arrive une heure plus tard à son atelier avec un énorme bouquet de fleurs dans les bras.

— Les filles, regardez-moi ces roses ! J'ai enfin trouvé des roses noires. Elles avaient disparu le jour où le stupide gouvernement turc a construit un barrage sur l'Euphrate qui a submergé le village d'Halfeti. Seul endroit au monde où poussaient des roses vraiment noires ! La composition du sol donnait aux pétales cet aspect de velours noir profond qui absorbe toute la lumière. Exactement comme celles-là ! Regardez ces beautés, dit-il en les jetant négligemment dans un vase en cristal. Extraordinaire !

Dans son minifrigo, Karl néglige la dizaine de cannettes de Coca light pour sortir une bouteille de champagne Roederer Cristal qui attend depuis plusieurs mois l'occasion d'être sablée.

— Vous savez que le noir est la couleur originelle de l'art ! Il y a dix-huit mille ans, dans les grottes de Lascaux, les bestioles étaient dessinées en noir. Enfin, notre monde revient aux sources de l'esthétique ! déclame-t-il d'un ton enjoué.

On pourrait croire qu'il s'adresse à ses couturières mais, en réalité, il se parle à lui-même. D'ailleurs, il n'a qu'une seule coupe de champagne à la main.

— Terminé, ces gens vulgaires habillés de couleurs vulgaires ! dit-il en trempant les lèvres dans le champagne à la robe translucide.

Une foule s'est rassemblée de manière spontanée place de la Bastille. Il y a là des musiciens et artistes de tout poil, des bikers en Harley-Davidson, des gothiques, des architectes, des designers, des décorateurs d'intérieur, des publicitaires, bref des gens qui depuis longtemps déjà ont adopté le total look noir. Si un passant avait débarqué ici sans être informé de la disparition des couleurs, il n'aurait rien remarqué de particulier. La dominante chromatique de cette manifestation spontanée ressemble finalement à celle de toutes les foules occidentales de notre époque. Un camaïeu du gris au noir sur une place bétonnée sous un ciel menaçant, rien de très exceptionnel à Paris. D'autant que le teint des Parisiens a cette réputation de se fondre avec le ciel.

Comme chaque jour après le travail, Arthur pousse la porte de la vieille boulangerie à cent mètres de chez lui. Les baguettes ressemblent à des pains de pierre. Il faut que j'aille boire un coup, se dit-il en faisant demi-tour, sous l'œil désolé de la vendeuse.

Arrivée dans son petit pavillon de Montrouge, Solange reste amorphe devant la toile cirée vichy de la table de la cuisine. Elle gratte un carreau anciennement vert bouteille de son ongle laqué d'un vernis à la teinte poivre.

Momo met quelques gouttes d'essence dans le réservoir de sa Vespa et s'arrête. Il se demande si l'essence qui ressemble à du sirop d'orgeat, ça ne va pas lui encrasser le carburateur.

Gilbert vérifie que les balles qui ont viré du laiton à l'acier n'enrayent pas son Beretta calibre

9x19 Parabellum. Une fois rassuré, il reloge son pistolet noir dans son fourreau.

Cluzel se précipite sur sa réserve personnelle de crayons. Il redoute de ne plus pouvoir fourguer les derniers stocks aux soldeurs. Il les teste nerveusement les uns après les autres. Puis renonce.

L'archevêque de Paris fixe la Vierge Marie dans sa robe de couleur pluie. Elle a les mains jointes. On jurerait qu'elle prie pour le retour de la couleur. Il se signe de nombreuses fois avant de se coiffer de sa mitre grise.

Sylvie se précipite devant le miroir des toilettes de France Inter. Elle est effarée de voir que ses yeux bleu lavande qui faisaient l'unanimité auprès de ses amants ont maintenant une teinte neutre. Elle se sent comme amputée. Elle se badigeonne les lèvres avec son gris à lèvres, se trouve encore plus laide et l'essuie aussitôt. Seule bonne nouvelle, la tache de vieillesse de son cou est devenue quasiment invisible sur sa peau couleur ciment. Elle rejoint Charlotte qui vient de rentrer de New York par le premier avion. Mehdi Tocque l'a appelée et ne lui a pas laissé le choix. « On a besoin de toi de toute urgence ! » Charlotte y voit un signe du destin. LA question de sa fille restera en suspens. Elle ne se sera pas attardée plus d'une heure sur le sol américain. Arrivée à Paris, elle s'est rendue directement dans les bureaux de Radio France pour l'édition matinale.

Du bout des doigts sur sa plage braille, elle relit une dernière fois ses notes prises dans l'avion du retour. Sylvie l'accompagne jusqu'au grand studio.

Toute la rédaction est sur le pont. C'est Mehdi Tocque en personne qui mènera l'interview. Un ministre a été décommandé. C'est dire si l'affaire est prise au sérieux. Nous sommes jeudi. Un jeudi noir. Elle sent de l'agitation et de la nervosité autour d'elle, et devine au moins cinq personnes assises. Elle reconnaît seulement le rédacteur en chef, à côté d'elle. Elle sent son parfum, parfaitement raccord avec son style vieille France. Les rumeurs des couloirs de Radio France le présentent comme un coureur de jupons aussi discret qu'actif.

— Antenne dans trois secondes, entend-elle dans son casque relié à la régie.

— *Vous qui êtes une spécialiste, Charlotte Da Fonseca, que nous arrive-t-il ? demande sans préambule le rédacteur en chef.*

Charlotte marque une pause d'une demi-seconde pour donner plus de poids à ses propos.

— *Sans doute sommes-nous touchés d'achromatopsie. Derrière ce mot barbare se cache une pathologie dont le symptôme est l'incapacité à percevoir les couleurs. C'est une maladie beaucoup plus fréquente que ce que l'on pourrait croire et qui, en général, est congénitale. Par exemple, sur les îles de Pingelap et de Pohnpei en Micronésie, à peu près une personne sur dix en souffre. En Europe, on considère qu'une personne sur trente mille environ est achromate. L'un d'entre eux est assez célèbre, c'est un artiste hispano-britannique du nom de Neil Harbisson qui vit à New York. Pour compenser ce déficit, il s'est fait greffer sur le crâne une webcam avec un logiciel qui traduit les couleurs en son et lui permet « d'entendre » les couleurs. D'ailleurs, sur la photo de sa carte d'identité, il porte son « eyeborg », ce qui a fait de lui le premier « humain amélioré » reconnu officiellement par les autorités britanniques.*

*— Très bien, mais nous… hier encore, nous étions capables de voir les couleurs ! Comment ce brusque changement est-il possible ?*

*— Il y a de nombreux cas de personnes devenues achromates suite à des lésions cérébrales. Mais peut-être cette maladie a-t-elle muté et est-elle devenue extrêmement contagieuse. Comme une épidémie causée par un virus inconnu. Il est trop tôt pour le dire.*

Charlotte sans s'en rendre compte a adopté un discours de circonstance, oubliant le ton léger de ses chroniques.

*— Pour bien comprendre la perception des couleurs, l'œil humain possède deux grands types de cellules : des bâtonnets, sensibles à la lumière, et des cônes, qui permettent de percevoir les couleurs.*

« Mais pourquoi nos cônes jouent-ils aux cons ? » manque de demander le journaliste avant de se raviser.

L'heure est grave. « Continuez ! » dit-il simplement.

— *Il faut savoir que les cônes sont dix fois moins nombreux que les bâtonnets. Ils sont aussi moins sensibles. C'est pour cela que dans la pénombre, vous voyez encore très bien les formes, mais vous ne voyez plus les couleurs.*

— *La nuit, tous les chats n'étaient pas gris. C'était donc nos cônes qui s'endormaient ! se sent obligé d'ajouter le rédacteur en chef, jugeant l'interview un peu trop technique.*

— *Tout à fait. Et ceux qui s'endormaient en dernier, pour reprendre votre expression, c'étaient les bleus. Voilà pourquoi, au cinéma, l'une des techniques classiques pour simuler la nuit est de placer un filtre bleu sur l'objectif de la caméra. On parle de nuit américaine.*

— *Et pourquoi nos cônes ne se réveillent-ils plus ?*

— *Il se peut que l'information ne soit plus décodée par notre cortex. Le mélange des couleurs se fait essentiellement dans la région occipitale, située à l'arrière du cerveau.*

— *Vous voulez dire qu'on ne voyait pas les couleurs avec les yeux mais avec la nuque ?*

— *Exactement.*

— *Et quelles sont d'après vous les conséquences de la disparition des couleurs ?*

— *Espérons que ça ne durera pas, répond-elle pour éluder la question.*

Le lendemain, Charlotte entre dans la chambre de sa fille. En entendant sa respiration régulière, elle comprend que Louise dort encore à poings fermés, malgré le radio-réveil à tue-tête. Il est sept heures du matin. Charlotte perçoit légèrement les rayons du soleil qui excitent partiellement les bâtonnets de ses yeux déficients. L'avenir appartient à ceux qui se couchent trop tard, se dit-elle. À la radio, les auditeurs sont invités à tweeter leur avis sur une question fondamentale : Brad Pitt est-il toujours aussi sexy avec des yeux gris ?

Les couleurs ne sont donc pas revenues, conclut-elle. Le jaune a d'abord disparu en signe avant-coureur, puis, quelques heures plus tard, ce fut le tour de l'ensemble des couleurs.

Elle s'assied sur le petit lit d'enfant et, à tâtons, trouve l'épaule de son enfant, qu'elle caresse tendrement.

— Debout, ma chérie.

— Hummmm...

Charlotte ouvre l'armoire de Louise et effleure la pile de vêtements.

— Tu veux mettre quoi, princesse ?

— Mon T-shirt bleu.

Sans hésiter, Charlotte sort de la pile le T-shirt au motif fleuri, il y a deux jours encore indigo. L'épaisseur, la composition du tissu, la maille, le poids, le type d'ourlet sont autant d'indications qui font qu'elle ne se trompe jamais.

Les animateurs débattent maintenant du pompon décoloré des marins : porte-t-il toujours chance ?

— Debout, ma choupinette.

— Papi est parti ?

— Oui, hier soir. Mais je lui ai promis qu'on déjeunerait ensemble à la résidence samedi. Allez, on se lève, mademoiselle, il y a école.

Pendant que Louise prend son petit déjeuner, Charlotte s'est installée devant son ordinateur relié à une plage braille. Un mécanisme composé de petites pointes transcrit le texte affiché à l'écran dans l'alphabet en quarante caractères inventé par Louis Braille. Elle consulte les mails des plus grands spécialistes internationaux de la couleur avec qui elle correspond très régulièrement. L'incompréhension est totale.

Charlotte interroge son horloge parlante. Elle a encore le temps de commander ses courses sur Internet. Tout est une question de méthode. Le livreur, un habitué, lui présente et lui nomme chaque article, qu'elle soupèse, caresse, tâte, hume, secoue pour le garder en mémoire. Puis elle range ses courses de façon méticuleuse. Si elle hésite, Louise, qui a appris les lettres avant l'âge, vient à son secours.

Charlotte s'apprête à fermer son ordinateur quand elle reçoit le message d'un de ses amis, professeur de neurosciences de Berkeley. Les premiers tests sur animaux de laboratoire sembleraient prouver qu'eux perçoivent encore les couleurs.

Du pas lent de celui que rien n'attend, Arthur marche tête baissée, le regard dans le vide de ce monde engrisaillé, comme si une infime pellicule de cendres en avait recouvert la surface. Son sort lui apparaît alors dans toute sa noirceur. Dans le ciel une nuée d'oiseaux noirs fait planer la même menace que dans le film de Hitchcock. Pourtant, ce spectacle a quelque chose de familier. Il a déjà vu cette même rue sans couleur. Lorsque le soleil se couche et laisse monter la pénombre. Bien sûr, chaque jour, notre environnement perd ses couleurs avec l'arrivée de la nuit. Nos yeux finissent par s'habituer à l'obscurité, on continue à percevoir plus ou moins des formes, sans couleurs. Le jour serait donc maintenant comme une nuit à laquelle nos yeux se seraient accoutumés.

« Mes yeux s'y sont habitués, mais pas moi ! » peste Arthur. Ni cette dame, se dit-il en croisant une femme les bras ballants, la bouche ouverte, les yeux hagards, tournant lentement la tête de gauche à droite et de haut en bas. Arthur suit son regard. Elle observe au-dessus de la bouche de métro la gigantesque lettre M en relief. Sa teinte se fond dans le feuillage flétri par l'automne d'un vieux platane. En longeant la grille d'une école primaire, son regard est attiré par les enfants dans la cour de récréation. Ils sont moins mignons en noir et blanc, se dit Arthur. On dirait qu'ils portent les uniformes d'écolier d'autrefois. Il comprend que les enfants étaient peut-être les derniers Occidentaux à porter des vêtements bariolés. Mais il y a autre chose d'anormal. Le sentiment diffus d'un grand chambardement. Son cerveau semble lui souffler : encourage tes connexions neuronales, tu vas comprendre. Arthur observe les enfants serrés les uns contre les autres sur les bancs disséminés dans la cour. Ceux qui n'ont pas trouvé une place pour s'asseoir évoluent lentement dans la cour. Une activité électrique s'initie dans son nerf cochléaire, emprunte un réseau de synapses pour rejoindre le thalamus, puis le cortex auditif jusqu'à émerger dans sa conscience. Arthur perçoit alors le chant d'un oiseau qu'il ne reconnaît pas, perché sur le platane. Intense activité électrique et chimique dans de nombreuses aires de son cerveau. Soudain, il comprend. Les enfants sont silencieux ! Tous ! Une cour de récréation, c'est habituellement un nid à décibels. Mais là, aucun gamin ne crie. Aucun ne court. Pire, conclut Arthur, sentant un léger frisson dans l'omoplate, aucun ne joue.

Arthur arrive à l'usine silencieuse chauffée à blanc par le soleil. Avec ses collègues, il emballe dans des cartons tout ce qui peut l'être. Les soupirs de Solange sont contagieux. Les futurs chômeurs marchent dans les allées comme des zombies voûtés, en respirant bruyamment. Ils ont tous la même boule à l'estomac, les mêmes difficultés à avaler leur salive. Même la vieille radio a du mal à crachoter dans les oreilles des ouvriers.

Sous l'œil du contrôleur judiciaire, les soldeurs d'entreprises en faillite se succèdent pour faire main basse sur tout ce qui a une valeur à la revente. Les machines sont démontées par des ouvriers laconiques ; les mécaniques les plus modernes, ou plus exactement les moins anciennes, ont trouvé preneurs. Elles fabriqueront des boîtes de conserve, paraît-il. Le reste est vendu au poids. Cluzel est furieux. Personne ne veut plus des stocks de crayons, même bradés.

Il s'est donc résolu à faire vider toutes les boîtes. Les crayons seront recyclés en pâte à papier. Et les boîtes en aluminium vont finir en carrosseries automobiles. Solange a l'impression de profaner des cercueils.

Solange réunit les quelques employés pour une dernière photo de groupe devant l'usine. Cluzel, la plupart du temps réfugié dans son cube de verre, les aperçoit par la fenêtre. Il descend l'escalier en vitesse et ralentit subitement en sortant sur le parking. Il aimerait poser avec ses ouvriers, mais sans trop savoir si c'est sa place. Il s'approche prudemment.

Solange lui fait signe de les rejoindre. Rassuré, Cluzel en profite pour replacer sa mèche de cheveux. Puis il passe sa langue sur ses incisives pour vérifier qu'il ne reste pas un bout de salade. Même gris, ce n'est pas beau sur une photo.

— Vous tombez bien, monsieur Cluzel, prenez-nous en photo, ordonne-t-elle en lui tendant son téléphone portable, d'une voix qu'il ne lui avait jamais connue en trente ans.

Cluzel s'exécute, le sourire forcé. Il immortalise en noir et blanc la dizaine de sourires tristes.

L'ancien patron aimerait poser avec eux cette fois, mais il n'ose pas le leur proposer. Solange a repris son téléphone. Le groupe se disperse et quitte l'usine pour ne plus jamais y revenir.

Le week-end est arrivé sans qu'il réjouisse qui-conque. On lit l'angoisse dans tous les regards. Comme chaque fin de semaine, Arthur troque ses huit heures par jour à l'usine par autant d'heures au QG, le café en bas de chez lui, gri-sâtre depuis toujours. Il est midi et il boit une bière en terrasse. Devant la porte cochère de l'autre côté de la rue, un taxi attend. Un véhi-cule à la carrosserie sombre. Il devait déjà être noir à l'origine, se dit-il, ou à la rigueur bleu marine. Soudain, Louise et Charlotte sortent de l'immeuble. Arthur se précipite pour leur ouvrir la porte arrière et les guider. Charlotte, même sans couleur, lui semble toujours aussi belle. C'est la première fois qu'il la voit d'aussi près et il constate qu'elle est encore plus petite qu'il le pensait. Il la dépasse d'une bonne tête. Sa peau veloutée, maintenant très blanche, lui donne un air ingénu qui contraste avec ses longs cheveux dégradés noirs. Ses joues sont piquées de taches de rousseur. On dirait une poupée de porcelaine

portant des lunettes aux montures gris délavé (Arthur les préférait vert pomme).

Sa fille est sa copie conforme en modèle réduit, si ce n'est sa peau plus mate et ses yeux foncés, qui viennent souligner son joli métissage.

— Merci, lui dit Charlotte en souriant.

— Avec plaisir, bafouille simplement Arthur qui n'avait pas croisé un sourire depuis longtemps.

Il meurt d'envie de lui dire qu'il habite en face, qu'il l'observe par la fenêtre depuis des mois, qu'il la trouve courageuse d'élever seule sa gamine, qu'il est à sa disposition si elle a besoin de quoi que ce soit. Mais aucun son ne sort de sa bouche. Il n'est même plus capable d'engager la conversation avec une femme dans la rue. Pendant plus d'une minute, il regarde le taxi s'éloigner puis il retraverse la rue et s'arrête au QG. Il n'y a qu'une série de bières qui puisse le réconforter.

Charlotte et Louise s'arrêtent devant le perron d'une grande bâtisse située à côté du parc de Sceaux. Lucien, le père de Charlotte, les attend sur un banc près du portail. Autrefois, Lucien était l'un des meilleurs arbitres de foot. Son autorité naturelle et son intégrité firent de lui un des juges les plus appréciés de la première division du championnat de France. Il commençait même à briller à l'international et avait arbitré de façon remarquable quelques matchs de coupe d'Europe. Sa consécration était venue le jour où il fut sélectionné pour une rencontre de coupe du monde. Mais ce jour-là, Lucien, mal placé sur le terrain, ne vit pas qu'un attaquant argentin avait marqué un but de la main. Sa carrière prit la « main de Dieu » en pleine figure. Cette erreur le déstabilisa tellement que, par la suite, il usa du sifflet plus que de raison. À présent, tout ce qu'il siffle, ce sont de bonnes bouteilles chaque fois qu'une grande occasion se présente.

Lucien ressemble à un petit bonhomme de neige avec son ventre volumineux, sa tête parfaitement sphérique et son crâne chauve. Son nez pointu en guise de carotte et ses petits yeux noirs pétillants surplombent un large sourire permanent. C'est un bonhomme de neige qui défie les lois de la physique. Il devrait fondre, tant il est chaleureux.

Louise se jette sur son grand-père qui l'accueille à bras ouverts.

— Comment tu vas, ma princesse ?

— Je broie du noir ! Je ne sais pas ce que ça veut dire, mais tout le monde dit ça maintenant.

— Et moi, je suis le plus heureux des papis de te voir.

Charlotte embrasse son père et pose sa main sur son épaule. Il la guide dans la résidence, Louise toujours dans ses bras. Officiellement, ce bâtiment était une maison de retraite. Mais dans les faits, il y avait eu une petite révolution, en mai 68. Les sexa, septua, octo et (plus rarement) nonagénaires encore autonomes et menés par le dernier arrivant – un petit jeune de soixante-dix ans – étaient allés voir ce qui se passait du côté des barricades. À leur retour, tard dans la nuit, le directeur les avait sermonnés, exactement comme le firent au même moment les centaines de parents de révolutionnaires en herbe. Les résidents frondeurs s'étaient alors réunis dans la salle à manger pour improviser une barricade devant la porte, avec quelques tables et chaises, bloquant ainsi l'accès au personnel. Le départ immédiat et sans condition du directeur et du personnel administratif avait été voté à l'unanimité à main levée. En quittant les lieux, le directeur avait découvert que le propriétaire de cette maison de retraite n'était autre que le dernier pensionnaire qui venait d'arriver sans s'être présenté. Aujourd'hui, les frondeurs sont tous décédés, mais la maison reste autogérée par les locataires qui s'en sentent capables, aidés par un personnel trié sur le volet.

À chaque « malheureux départ », les pensionnaires étudient les candidatures et ne retiennent que les profils « d'étudiants révolutionnaires particulièrement attardés ». C'est ainsi qu'on y trouve un comptable maniaque – il faut bien gérer la maison –, une grande chef cuisinière – il faut bien manger –, des érudits ultra-bavards –, il ne faut pas mourir idiot –, et pas mal de musiciens de rock, en particulier Simone, guitariste, qui a été directrice d'une maison de disques – parce qu'il faut bien rester jeune avant de mourir. Tous les samedis un concert a lieu, à l'exception des soirs de match de foot. La mission de Lucien consiste à entretenir de bonnes relations avec la fédé, afin d'obtenir des invitations à tous les matchs importants. « Rester actif, c'est le secret de la longévité », répètent-ils tous à l'envi. Bien sûr, certains pensionnaires deviennent impotents et Alzheimer fait des ravages. Mais les autres mettent un point d'honneur à les garder autant que possible dans le groupe. Ils prennent leurs repas tous ensemble, autour d'une immense table rectangulaire installée dans un imposant salon décoré avec soin par une ancienne pensionnaire, élève de Madeleine Castaing. Les subtiles nuances de gris des murs laissent imaginer les anciennes couleurs chatoyantes.

Louise est accueillie par les classiques « aah ! ooh ! » et les sempiternels « comme tu es grande maintenant ! » de tous les pensionnaires déjà attablés.

— Asseyez-vous vite, ça va refroidir ! ajoute Pierrette.

Elle a été l'une des premières femmes à décrocher une étoile au guide Michelin. À l'époque, cela équivalait à décrocher la lune.

— Comme je sais que tu adores ça, Charlotte, j'ai préparé mon magret de canard à la cannelle !

Au bout d'un moment, du coin de l'œil, Pierrette voit bien que ses amis manquent d'appétit. Certains ont même discrètement repoussé leurs assiettes. Qu'est-ce qu'il a, mon magret ? se demande-t-elle en trempant le doigt dans la sauce et en goûtant les yeux fermés. Son fumet est parfait, son épice subtile, légèrement relevée. C'est bien le problème de la couleur. Une sauce à la cannelle digne de ce nom a forcément une couleur jaune orangé.

Charlotte tente de la consoler.

— Tu n'y es pour rien, Pierrette.

— Je sais ! Si on a inventé les colorants alimentaires, ce n'est pas pour rien.

— C'est vrai. Mais il y a pire que le gris : imagine si les magrets étaient bleus. Je me rappelle avoir lu une étude où des steaks avaient été teintés en indigo. Les cobayes n'ont pas pu les manger.

Pierrette repousse son assiette, dégoûtée. Sa seule satisfaction est de voir Charlotte se régaler comme si de rien n'était. Elle avale une bouchée avant de reprendre.

— Quand on change la couleur, on change le goût. Des universitaires espagnols ont servi le même jus d'orange, soit nature, soit avec un colorant rouge, soit avec un colorant vert à des cobayes en leur faisant croire qu'ils goûtaient trois jus d'orange différents. À la quasi-unanimité, le jus d'orange « sanguine » a été considéré comme étant le meilleur et le jus d'orange « verdâtre » a été jugé un peu acide. Et encore plus surprenant, si tu goûtais un Coca coloré en orange, il y a toutes les chances pour que tu le confondes avec une boisson gazeuse à l'orange type Fanta !

— Tu y vas un peu fort, répond Pierrette légèrement vexée.

— Je t'assure, même toi ! Une expérience similaire a été menée chez un grand fabricant de produits laitiers. Ils ont interverti les colorants jaune ananas et rose fraise de leurs yaourts. Les consommateurs pensaient déguster un yaourt rose à la fraise et un yaourt jaune à l'ananas… En revanche, une fois qu'on les a informés du subterfuge, ils ont tous reconnu leur erreur.

Pierrette ferme à nouveau les yeux pour laisser ses papilles seules juges de la qualité de sa cuisine. Son canard est parfait.

— Si je comprends bien, maintenant qu'il n'y a plus de couleur, on va tous se mettre facilement au régime. Ça va aider le monde à lutter contre l'obésité, ajoute-t-elle un œil sur ses bourrelets.

— C'est peut-être la seule bonne nouvelle, parce que moi cela me fait peur, conclut Charlotte en se renfermant dans ses pensées.

# Chapitre 4

## Où les arbres sont bleus
## et la mer est jaune

Cela fait maintenant six mois que les couleurs ont disparu. Six mois que les adultes ont peur du noir. La stupeur a glissé vers l'effroi puis s'est muée en terreur.

Tout a commencé dans le petit village de Bugarach, près de Perpignan, trois jours exactement après la disparition des couleurs. Les habitants ont vu arriver un flot ininterrompu de camping-cars et vans de toutes provenances. En quelques jours à peine, ce tranquille village de deux cents habitants implanté au pied des Pyrénées a été submergé par plusieurs dizaines de milliers de campeurs. Des foules paniquées se battent pour franchir les barrages de police ou passent à travers champs pour planter leurs tentes sur le flanc du pic surplombant le village. Une petite centaine de journalistes a vite fait de les rejoindre. Les gourous du monde entier ont « revu leurs calculs ». Le vaisseau extraterrestre, arche de Noé galactique, qui sauvera quelques élus de l'Apocalypse, prendra ses quartiers dans ce village. La légende maya prédisant la fin du monde en 2012 s'était simplement trompée de quelques années. On pleure, on crie, on implore le ciel uniformément gris. Un « pécheur » monte au sommet de la montagne pour se flageller à grands coups de fouet. Il perd l'équilibre et s'écrase quelques dizaines de mètres plus bas. Cette scène est reprise par les télévisions noir et blanc du monde entier.

Des imams intégristes prêchent que tout cela est la volonté de Dieu, qui a puni les femmes pour avoir porté de la couleur et les contraint ainsi à sortir dans la rue vêtues de niqabs noirs.

Les Indiens kogi de Colombie l'interprètent comme un avertissement de la Terre aux « petits frères » qui ne respectent pas la nature et sont en train de la détruire.

Pour les chrétiens, on est entrés dans le monde des ténèbres, comme le prédisait l'Évangile de Matthieu : « Aussitôt après la détresse de ces jours-là, le soleil s'obscurcira, la lune ne donnera plus sa clarté. » Les églises font salle comble tous les dimanches et même en semaine. De nouvelles ouailles ne maîtrisant que partiellement le Notre Père et le Je vous salue Marie compensent par une dévotion exemplaire. Les boutiques de « bondieuseries » sont prises d'assaut plus qu'un *flagship* Vuitton, et des files d'attente s'éternisent devant leurs étagères clair-semées. Certains se rabattent sur les greniers de leurs vieilles taties pour ressusciter d'entre la poussière un crucifix, une statue de Marie ou, perle rare vendue une fortune sur eBay, un chapelet qui les aident à prier du matin au soir pour racheter leurs péchés. Ils espèrent ainsi faire pencher la balance de Saint-Pierre du bon côté, le jour tout proche où ils seront convoqués.

Comme à La Mecque, les services d'ordre de Lourdes obligent les centaines de milliers de pèlerins à marcher au même pas dans la longue file qui se rend à la grotte et à ne sur-tout jamais s'arrêter. Il faut compter plus de dix heures d'attente pour caresser de la main la plus grosse concentration de microbes et de bactéries au monde qui pullulent gaiement sur la paroi du repaire troglodyte de Bernadette Soubirous.

Des fans de la série *Game of Thrones* pensent quant à eux que l'hiver est arrivé et guettent la venue des morts-vivants.

Sous cette chape de plomb, le monde est tétanisé. La société de consommation est bouleversée dans ses moindres rouages. Les ventes de Noël s'annoncent catastrophiques. Sur la toile, couleur toile d'araignée, les produits semblent moins attrayants. Personne n'a envie de croire à un père Noël en manteau gris.

Toutes les places financières ont été fermées jusqu'à nouvel ordre. Un krach boursier a relégué celui de 1929 à une simple petite correction technique. Les économistes, la mine aussi grise que leurs costumes, n'ont plus qu'une paire de mots à la bouche : faillite systémique. Les présidents des pays du G20 ne se quittent plus. Leurs discours ont du mal à cacher leurs impuissances.

Arthur est chaque jour obligé d'aller un peu plus loin pour acheter sa baguette de pain. Les trois boulangeries de son quartier ont tiré leur rideau. Il décide de marcher jusqu'à la rue

Daguerre, la plus commerçante du XIV$^e$ arrondissement. « Doit-on encore travailler quand la fin est proche ? » philosophent de nombreux commerçants. Dans les supermarchés, les clients reconnaissent difficilement les conditionnements de leurs produits favoris et n'achètent que le minimum.

Arthur passe devant des boutiques qui n'auraient pas démérité en Corée du Nord ou pendant l'Occupation. Sur l'étal du poissonnier de la rue Daguerre, une petite dizaine de poissons à l'œil terne patientent tristement sur la glace.

Sur la porte de la pharmacie, une laborantine scotche une feuille de papier : ANXIOLYTIQUES ET ANTIDÉPRESSEURS – RUPTURE DE STOCK. De toute façon, les patients doivent patienter pour se faire prescrire leurs béquilles chimiques : les psychiatres restent chez eux ou consultent eux-mêmes d'autres psychiatres.

Le monde sombre.


Arthur marche jusqu'à la place d'Alésia. Tout est étrangement calme. Les automobilistes roulent à faible allure sur les pavés qui reflètent le ciel brumeux. Les quelques passants traînent tous des pieds, le dos voûté. Sauf un. Un grand échalas squelettique et sautillant. Ce trentenaire bondit, plus qu'il ne marche, vers Arthur. Il lui fait un clin d'œil en poussant une onomatopée.

— Eeesssddddééééé ?

— Pardon ? répond Arthur se demandant si le cri du kangourou ressemble à cela.

— Elllllllllllsdé ?

— Pas compris.

— L... S... D, arrive à articuler le marsupial en jetant un coup d'œil à droite et à gauche.

— Non merci, je préfère me griser avec un bon coup de blanc, lui répond Arthur en souriant.

Pour échapper à ce monde devenu irréel, beaucoup préfèrent se réfugier dans le monde artificiel. Des personnes de tout âge et de toutes conditions s'abandonnent aux illusions de ce puissant psychotrope. Le LSD, désormais produit en quantité industrielle, a les vertus de faire réapparaître partiellement les couleurs. Le ciel peut être orange et les feuilles des arbres bleues. Le bitume est souvent rose et la mer jaune. Peu importe : dans cet univers psyché-délique, au moins la couleur existe. Revers de la médaille multicolore, ce dérivé de l'ergot du seigle engendre des effets secondaires. Des hallu-cinations, pour être précis. Certains se prennent pour des oiseaux et se défenestrent. D'autres, croyant être attaqués par des dragons ou autres monstres maléfiques, étranglent leurs femmes. Les policiers ont reçu pour consigne de lutter contre ce nouveau fléau. Ils s'emploient avec entrain à multiplier les saisies. D'autant plus que certains de ces fonctionnaires assermentés sont bien heureux de redonner de la couleur à leurs uniformes et en prélèvent pour leur consomma-tion personnelle.

Comme tous les jours depuis un mois, Ajay monte à dix-huit heures précises dans son taxi. La nuit enveloppe déjà Manhattan. Quelques lampadaires crachent une lumière laiteuse. Il tourne la clé de contact, ferme les yeux, joue avec la pédale d'accélérateur à l'arrêt et s'immerge dans ces vagues de couleurs que lui procure son moteur selon la vitesse à laquelle il tourne. Son don de synesthésie est toujours aussi fort. Les couleurs sont exactement les mêmes dans son cerveau quand il fait vrombir son moteur. Aussi éclatantes. Toutes, sauf le jaune qui brille toujours par son absence. Quand il rouvre les yeux et se soulève légèrement sur son siège pour regarder la couleur de son capot et compléter la gamme, il a envie de pleurer. Une couleur vous manque et le monde chromatique est dépeuplé. Comme chaque jour depuis un mois, il coupe donc le contact de son taxi et rentre chez lui jouer aux jeux vidéo. Plus précisément à Call of Duty.

Sans qu'il sache pourquoi, les bruitages de ce jeu le nourrissent de toutes les couleurs, sauf de celle du soleil. Ajay n'a pas mangé depuis plusieurs jours. Il se laisse dépérir.

Quelques pensionnaires de la résidence répètent *Back in Black* dans leur studio en sous-sol. Ils jouent plus fort qu'AC/DC, une grande majorité d'entre eux ayant des problèmes auditifs. Pourtant, le cœur n'y est pas. Surtout après leur déjeuner qui a été médiocre. Cela fait plusieurs jours que Pierrette refuse de se mettre en cuisine.

Depuis de nombreuses semaines, quasiment plus personne ne vient à leurs concerts. La plupart des pensionnaires sont vissés sur leur chaise dans la salle TV et regardent en boucle les chaînes d'info, qui battent des records d'audience.

Le plus triste semble être Lucien, qui ne peut s'empêcher de repenser à la tragédie qui a causé la mort de sa femme, trente ans plus tôt. Les images lui arrivent par flashs. Leur voilier de quarante pieds. Le soleil sur les voiles et dans les cheveux de sa femme. Sa femme qui, à sept mois de grossesse, n'avait jamais eu la moindre contraction. Le bulletin météo annonçait à peine quinze nœuds de vent. Et sa femme avait insisté. Mais elle avait perdu subitement les eaux à cinq miles à peine du port. Le temps qu'il ramène le bateau à terre, moteur à fond et voile bordée, sa femme avait perdu la vie et sa fille la vue. Le sentiment de culpabilité ne l'avait jamais quitté depuis.

— Allez Papa, s'il te plaît, je veux un sourire, murmure Charlotte, dont les visites à la résidence se font plus fréquentes à mesure qu'elle sent son père déprimé. Tu sais que je le ressens quand tu souris.

— Je réalise que les couleurs avaient réussi à maquiller un peu mon malheur.

— Arrête avec ça. Et puis je te rappelle que je ne suis pas tout à fait aveugle. Je perçois les lumières intenses.

— J'ai besoin des couleurs.

À tâtons sur la table, Charlotte trouve la corbeille de fruits et se saisit d'une banane.

— Prends ce fruit, Papa.

— Je n'ai pas faim.

— Quand tu regardes cette banane, tu actives la zone de ton cerveau sensible à la couleur jaune, preuve qu'il traduit le noir et blanc en couleurs. De la même façon, quand tu regardais un film en noir et blanc, en quelques secondes, ton cerveau le transformait en couleurs. C'était vrai avant la disparition des couleurs. Et mes collègues m'ont confirmé que c'est toujours d'actualité. Alors, ferme les yeux et essaye de te représenter cette banane.

Lucien obtempère.

— Tu as raison, constate-t-il une dizaine de secondes plus tard. Quand on se concentre, on peut faire réapparaître la couleur, au moins dans son cerveau.

Il ouvre à nouveau les yeux et semble déçu de retrouver la banane grise. Mais pour faire plaisir à sa fille, il l'épluche et la mange.

Mehdi Tocque a revu la grille des programmes de France Inter. Un seul mot d'ordre : du positif. On enchaîne les thèmes d'émissions légers et futiles et les chansons les plus joyeuses. Cela fait du bien au moral des auditeurs et, accessoirement, aux chiffres d'audience. France Inter surveille particulièrement les chroniques colorées de Charlotte qui sont de plus en plus suivies. On lui a donc donné une chronique quotidienne, qui repasse plusieurs fois dans la journée.

*Mes amis, les humains ont perdu la perception des couleurs. Soit. Mais nous n'avons peut-être pas tout perdu puisque nous avons encore le noir et le blanc ! « Mais le noir et le blanc sont-ils des couleurs ? » me répondrez-vous. Eh bien, auditeurs curieux, sachez tout d'abord que cette question n'aurait jamais été posée avant le début du XX<sup>e</sup> siècle. Pour nos aïeux, la « non-couleur » faisait référence à tout ce qui n'était pas teint, comme l'écru des robes des moines. Alors, pourquoi la*

89

*posons-nous aujourd'hui ? En partie à cause de MM. Edmond Becquerel et Émile Reynaud, qui eurent la bonne idée d'inventer respectivement la photographie et le cinéma en couleurs. Leurs techniques furent considérablement améliorées au fil du temps mais encore aujourd'hui, on oppose les photographies ou films en noir et blanc à ceux dits en couleurs. Alors, couleurs ou non-couleurs, le noir et le blanc ?...*

*À demain, chers auditeurs.*

— Bonne question ! murmure Sylvie d'une voix grise.

Réactions chimiques en chaîne dans le cortex cingulaire antérieur de Charlotte, la zone qui gère en partie l'empathie.

— La couleur te manque à ce point ?

— Oui... non... ce n'est pas seulement ça.

— Tu veux m'en parler ?

— Tu te moquerais de moi.

— C'est mon genre ?

— Tu sais que...

Elle ne finit pas sa phrase.

— Ah non je ne savais pas ! tente de dédramatiser Charlotte.

— Je me sens seule... Elle reprend : tu sais qu'avec Mehdi, je...

Charlotte touche l'ampoule qui indique quand le micro est allumé pour vérifier si elle a bien refroidi, et être certaine que personne ne puisse écouter leur conversation.

90

— Oui, tu as des rapports privilégiés avec notre boss, avance prudemment Charlotte.

— Tu parles de rapport !... Le Viagra ne marche plus...

— Ça, c'est peut-être parce qu'il a perdu sa couleur bleue. Et comme l'effet placebo joue un grand rôle dans l'efficacité de la molécule, il pense inconsciemment que le Viagra lui fera moins d'effet.

— Je crois plutôt que... je ne lui plais plus.

Charlotte comprend que maintenant que ses lèvres ne sont plus rouges, elle est beaucoup moins attirante. De 25 % d'après une étude très sérieuse menée il y a quelques années. Mais elle se garde bien de le lui dire.

— En parlant de mec à qui on ne plaît plus, est-ce que tu vois encore quelqu'un là-dessus ? dit Charlotte en lui montrant sur son portable une nouvelle photo prise depuis sa fenêtre.

Arthur la mate encore. Charlotte quitte la Maison de la radio furieuse et s'engouffre dans le métro en pensant qu'elle doit agir sans tarder.

*Alerte sur lemonde.fr*
*Sur Google, « couleur » devient le mot le plus recherché, devant « sexe ».*

Charlotte sort à la station la plus proche de l'école de sa fille. Elle marche lentement, en se guidant avec sa canne blanche. Un observateur extérieur penserait certainement qu'elle se concentre sur son chemin. Il n'en est rien. Elle le connaît par cœur. C'est aussi son inconscient qui la guide. Sa concentration est focalisée sur la perception de ses sens. Lorsqu'elle croise un passant, elle essaye de reconnaître son parfum. Elle entend le pas pressé de chaussures à talons qui marchent en rythme avec celui de semelles en cuir, probablement un couple assez chic. Elle distingue le pas plus nonchalant d'un troupeau de chaussures avec semelles de caoutchouc, certainement un groupe de jeunes en baskets. Elle ressent un léger vent moite nauséabond quand elle passe au-dessus d'une bouche de métro et le froid de la climatisation d'un magasin dont la porte est ouverte.

Elle cherche à saisir la différence entre le monde d'avant et le nouveau. Mais pour elle, rien n'a changé, si ce n'est, devant l'école de Louise, le timbre de la voix des parents, teintée d'une angoisse chaque jour plus prononcée. Un père déplore que son fils refuse d'aller au judo : la ceinture grise a perdu tout intérêt. Une femme dépitée relate les propos de son mari dépressif : « Vous savez ce qu'il m'a dit aujourd'hui ? Qu'il avait fait une insomnie. Réveillé à neuf heures seulement et impossible de se rendormir ! »

L'essentiel des conversations concerne l'appétit perdu des enfants. Ils ne veulent rien manger. Même pas de gâteaux !

Pour la première fois, elle entend quelques parents qui tentent de voir le bon côté des choses.

— Depuis que les épinards ne sont plus verts, j'arrive à lui en faire avaler, dit une maman.

— Et moi, je lui ai fait découvrir les rouleaux de réglisse, il adore ça, ajoute un papa à la voix fluette.

— Le mien ne regarde plus ses séries. En noir et blanc, il a l'impression de regarder un truc de vieux. Cependant, chose incroyable, il se met à lire des romans !

De l'encre noire sur du papier blanc... Au moins, les couleurs n'ont pas changé dans les livres, se dit Charlotte.

Elle identifie, parmi toutes les conversations qui fusent, un léger « Mamaaan » murmuré à une dizaine de mètres. C'est Louise qui court pour la rejoindre. Charlotte se baisse et tourne la tête, en attente du contact doux des lèvres de sa fille sur sa joue.

— Tiens, maman ! dit-elle en se reculant après son baiser baveux et en tendant une feuille de papier.

Charlotte entend le feulement du papier et le saisit.

— Qu'est-ce que tu as dessiné de beau ?

— Un coucher de soleil sur la mer... Il est tout gris... Je peux te poser une question ? ajoute-t-elle d'une voix hésitante. Pourquoi t'es jamais triste ?

— Pourquoi veux-tu que je le sois ?

— Parce que tu ne vois pas les couleurs. Et je comprends ce que ça fait, maintenant.

— Peut-être que je les vois, ma chérie. Pas avec mes yeux, mais avec tout mon corps. Et je vois que tu es une princesse haute en couleur. Tu sais ce que ça veut dire ?

Dans ce Paris de novembre, couleur cafard, l'été refuse de s'en aller. Arthur, comme tous les jours à la terrasse du QG, trempe ses lèvres dans une bière pression translucide, surmontée d'une écume blanche. Il regarde entrer un habitué, qu'il a du mal à reconnaître sans le carmin de ses joues.

Ce pilier de bar a troqué sa casquette pour un chapeau en feutrine. C'est la nouvelle mode masculine. Les référents iconiques contemporains ont changé pour laisser place aux héros des films en noir et blanc, tels Humphrey Bogart ou Cary Grant, ont expliqué les sociologues. Les vieux films connaissent un regain de faveur. Au moins, c'était « normal » de les voir sans couleur.

Arthur regarde distraitement ses mails. Des spams. Que des spams. Excepté un gentil message de son ancienne collègue Solange, qui lui donne de ses nouvelles et lui souhaite bonne chance avec, en pièce jointe, la photo de groupe prise devant l'usine. Soudain, son téléphone sonne. C'est sa conseillère de Pôle emploi qui lui propose un prochain rendez-vous.

Arthur cherche dans ses poches un stylo et tombe sur le crayon Gaston Cluzel anciennement rose, resté dans la poche intérieure de sa veste. Il inscrit tant bien que mal le rendez-vous sur le sous-bock de sa bière. Les lettres apparaissent à peine dans un gris trop lumineux.

C'est alors qu'il aperçoit Charlotte dans la rue, qui donne la main à sa fille. Elles s'approchent. En fait, c'est plutôt Louise qui donne la main à sa mère et va de l'avant. Il les regarde avec émerveillement passer devant lui.

— Oh ! il est joli le crayon du monsieur, s'exclame soudain Louise.

Arthur ne peut pas manquer l'occasion et raccroche au nez de sa conseillère Pôle emploi.

— Ça te ferait plaisir de l'avoir ? demande Arthur à Louise tout sourire, en lui offrant le crayon.

Louise dévisage Arthur, le sourcil un peu froncé.

— Je vous connais, monsieur, dit Louise.

— Oui, mademoiselle, j'habite juste au-dessus du café, pile en face de chez vous.

— Vous avez le nez un peu épaté ? demande Charlotte d'une voix méfiante.

— Euh... j'ai fait du rugby. Mais pas si épaté que ça !

— Vous devriez avoir honte ! Viens, Louise, on s'en va, dit-elle en la tirant par le bras.

— Pourquoi il devrait avoir honte d'avoir le nez comme du pâté ? demande Louise.

— Il sait très bien pourquoi je dis ça !

— Pourquoi vous dites ça ? répète Arthur, qui sait très bien pourquoi elle dit ça.

Comment a-t-elle fait pour le repérer ? Peut-être n'est-elle pas complètement aveugle ? se dit-il.

— Je suis désolé, je m'appelle Arthur, ajoute-t-il, comme si c'était une excuse. Il lui tend la main à tout hasard : Je suis très heureux de...

Charlotte traverse rapidement la rue semi-piétonne jusqu'à la porte de son immeuble. Arthur les suit et tente une diversion en s'adressant à la fillette.

— Prends le crayon, il est à toi !

— Hors de question, s'emporte Charlotte, gris foncé de rage. Nous ne voulons rien avoir à faire avec vous !

Même en colère, sa voix reste d'une incroyable douceur. Mais le plus surprenant, pour Arthur, c'est que cette voix lui est familière.

Il ouvre la bouche pour répondre quelque chose, mais aucun son ne peut en sortir. Il rejoint piteusement sa table pour s'enfiler le reste de sa boisson. Il faut que j'arrête, se morigène-t-il... en faisant un geste au patron du bar pour lui commander une nouvelle bière.

Louise et Charlotte, main dans la main, pénètrent dans leur immeuble. À ce moment, la petite fille se retourne et croise le regard d'Arthur. Elle lui fait un grand sourire et lui

montre, très fière, le crayon qu'il lui a discrètement glissé dans la main.

Louise fonce dans sa chambre et, sans même
enlever sa veste ou poser son cartable, elle attrape
un bloc-notes sur son petit bureau et s'allonge
par terre. Sur le ventre, les pieds en l'air, un bout
de langue coincée à la commissure des lèvres,
elle dessine avec le crayon Gaston Cluzel.

La nuit a chassé le jour gris et son soleil pâle. Il commence à faire un peu plus frais dehors. Arthur vient d'entrer dans le bar tandis que « Gros », le patron, aussi grand que maigre, essuie les verres derrière le comptoir. Sa cravate noire fixée à sa chemise blanche par une épingle lui donne un faux air de vieux beau distingué, alors que son accent chantant trahit ses origines de bougnat. La décoration de style années 70 du bar date exactement des années 70. Rien n'a changé depuis, si ce n'est l'immense écran plat qui remplace les flippers et baby-foot. La déco, ce n'est pas son truc, à Gros. La propreté non plus. Mais sans couleur, ça se voit moins.

Gros zappe la chaîne de sport où se succèdent les matchs de foot pour mettre la chaîne info. Il y a six mois encore, cela aurait déclenché un pugilat et les piliers avinés, avec force fracas, se seraient instantanément transportés dans un autre bar. Mais là, personne ne moufte. Au bar comme à la télé, on parle encore et toujours des couleurs, sur tous les tons, sous tous les angles. Devant les caméras, un chef d'entreprise se plaint du taux d'absentéisme record dans son usine. Le conservateur du musée du Louvre déplore une importante baisse de fréquentation et pérore sur la Joconde. Il est persuadé qu'elle ne sourit plus.

— À Mona Lisa, trinque Momo en finissant son verre. Gros, tu me ressers un gris, s'il te plaît...

— Pardon ?

— Ben un ancien jaune, s'esclaffe-t-il, content de sa vanne à 2,30 euros, prix de la boisson anisée.

Plus que jamais, Charlotte Da Fonseca est plébiscitée par les auditeurs. Mais leurs mails posent toujours la sempiternelle question : pourquoi ?

Jusque-là, Charlotte avait systématiquement refusé de répondre, n'ayant aucune explication scientifique valable. Les colloques qui rameutaient ses prestigieux collègues du monde entier ne lui avaient apporté aucun élément de réponse. Mais Mehdi Tocque avait insisté :

— On peut lutter contre la peur, mais pas contre l'angoisse. La peur, c'est quand on sait ce qui nous arrive. L'angoisse, c'est quand on ne sait pas. Les Américains avaient très vite sorti le nom de Ben Laden après le 11 septembre, sans même être certains qu'il soit vraiment responsable. Ce qui comptait, c'était de rassurer les gens. Il faut savoir contre quoi on se bat. Alors, vous dites ce que vous voulez, vous pouvez même dire que c'est dans l'ordre des choses, mais donnez une putain d'explication à nos auditeurs ! Interview dans une heure.

— OK boss ! se résigne Charlotte en pensant à la célèbre phrase de De Gaulle : « Des chercheurs, il y en a plein. Ce que je veux, ce sont des trouveurs. »

Si les neuroscientifiques n'ont pas d'explication, peut-être faut-il chercher du côté des sociologues, se dit-elle en s'asseyant cinquante minutes plus tard dans le grand studio.

— *Charlotte Da Fonseca, a-t-on maintenant une explication à ce terrible phénomène ?*

— *Nous savons avec certitude, Mehdi, que ce terrible phénomène, comme vous dites, ne concerne que les humains. Il n'y aurait aucun changement dans la perception des animaux.*

— *Pourquoi les hommes, alors ?*

— *Peut-être parce que la nature a compris que nous en avons moins l'utilité. Les hommes préhistoriques avaient besoin des couleurs pour repérer de loin les prédateurs, ou tout simplement pour voir si les fruits dans les arbres étaient mûrs. Ce n'est bien sûr plus le cas. Et si vous regardez bien, notre futur, on l'imagine inconsciemment sans couleur.*

— *Comment ça ?*

— *Regardez la plupart des grands films de science-fiction. De* 2001, l'Odyssée de l'espace *à* Bienvenue à Gattaca *en passant par* Matrix, Mad Max, Star Wars *ou bien sûr* Men in Black, *les humains portent peu de couleurs et vivent dans des environnements achromatiques.*

*— Mais notre présent était encore très coloré !*

*— De moins en moins. Prenez la décoration de nos intérieurs. Quand on achète une vieille maison, la première chose que l'on fait, c'est d'enlever les papiers peints pour peindre les murs en blanc. Chez nos grands-parents, on avait coutume de parler de la chambre bleue, la chambre rouge, la chambre jaune... De nos jours, il y a la chambre blanche, la chambre blanche et la chambre blanche.*

*— C'est la même chose pour nos voitures ?*

*— Absolument. Ceux qui ont eu la chance d'aller à Cuba se sont émerveillés devant les vieilles voitures multicolores. Ce que l'on a oublié, c'est qu'il y avait exactement les mêmes dans les rues de Paris. Ces dernières années, trois véhicules sur quatre produits dans le monde étaient noirs, blancs ou gris. Le trio gagnant dans les années 50, c'était vert, rouge et bleu. Alors, certes, en argument marketing, on mettait en avant une infinité de possibilités de choix chromatiques pour nos carrosseries mais, à l'arrivée, les automobilistes boudaient les couleurs.*

*— Et dans la mode ?*

*— Si ce n'est pendant le règne de François I<sup>er</sup> où le noir était de rigueur, jusqu'à la fin du XIX<sup>e</sup> siècle, il était de bon ton pour les hommes comme pour les femmes qui en avaient les moyens de porter des vêtements très colorés. Les robes de mariée par exemple étaient rouges. Il y a eu des associations*

de couleurs célèbres. Rappelez-vous Werther, le héros du roman de Goethe, il est habillé en bleu et jaune. Et cette association de couleurs a été adoptée par la plupart des jeunes hommes fortunés de l'époque. Depuis le début du XXe siècle, les couleurs vives ont quasiment disparu de nos garde-robes. La mode du noir n'a jamais été aussi forte.

— Si je résume, la disparition de la couleur est donc l'évolution logique et inéluctable d'un monde de la mondialisation, d'un monde qui se modernise. Il faut donc l'accepter, voire s'en réjouir ?

— A-t-on vraiment le choix ?


*Alerte sur lemonde.fr.*

*Annulation massive des voyages cet hiver aux Maldives, aux Seychelles et en Polynésie. Les lagons sont jugés bien moins attrayants.*

La nuit est tombée depuis longtemps. Charlotte, attablée près de la fenêtre, perçoit maintenant les lumières diffuses des lampadaires parisiens. Elle ressasse l'interview. « Le boss m'a fait dire que le noir et blanc étaient l'avenir de la couleur. J'ai le sentiment de m'être un peu fait piéger... »

Perdue dans ses pensées, elle entend néanmoins Louise bondir de sa chaise, puis un « merci mamaaaaan » de plus en plus lointain. En passant le doigt dans l'assiette, elle comprend qu'elle a bien mangé. C'est une enfant facile, se dit-elle, qui s'est adaptée de manière instinctive à sa mère « particulière ». Charlotte a sa spécialité : les plats en sauce. Et la pâtisserie. Sa balance de cuisine parlante lui permet de doser parfaitement les ingrédients. Que sa fille se régale, c'est pour elle une grande fierté.

Tout en débarrassant la table, Charlotte imagine Louise s'activer dans sa chambre. Quelques minutes plus tard, elle sent une légère odeur de lessive derrière elle. Charlotte s'approche et, à tâtons, trouve l'épaule de sa fille. Le toucher du coton épais lui confirme qu'elle a enfilé seule son pyjama propre.

— C'est bien ma chérie, maintenant c'est l'heure d'aller te coucher. Il est tard.

— Tiens maman, dit Louise en lui tendant un dessin pour gagner un peu de temps.

— C'est quoi ?

— Une souris rose qui court dans l'herbe rose.

— Dans la chanson, elle n'est pas verte, la souris ?

— Si, mais je n'ai que du rose. En plus, une souris, c'est plus joli en rose.

C'est ça, la force des enfants, se dit Charlotte. Ils ont une telle imagination qu'ils peuvent se recréer mentalement un monde idéal.

— Et ta souris rose, elle est pour qui ?

— Pour Papi, bien sûr !

— Ça lui fera très plaisir. Et maintenant, au lit. Demain il y a école !

Affalé dans son canapé devant la télévision, Arthur serre le poing et écrase une cannette de bière vide. Il sait que c'est la sixième de la soirée puisque le pack est terminé. Aux infos, on annonce le lancement d'un grand concours pour redessiner un nouveau drapeau français, afin qu'on ne le confonde plus avec les drapeaux italien, belge, irlandais, etc.

Arthur regarde les premiers graphismes proposés. Peut-être par nostalgie, beaucoup présentent des fleurs de lys plus ou moins stylisées. Mais il reste préoccupé. Comment a-t-elle pu le voir par la fenêtre ? se demande-t-il en observant presque malgré lui Charlotte ranger ses courses méticuleusement.

Cela lui donne faim. Son ventre gargouille de mécontentement. Il n'a pas mangé depuis la veille. Arthur ouvre le placard de la cuisine : vide. Il ne trouve qu'un fond de Pastis 51 et une petite boîte ronde transparente contenant du gingembre confit, le reste d'un menu japonais.

Il verse le contenu de la bouteille dans un grand verre sale qu'il sort de l'évier et gobe le reste de gingembre grisâtre. Un 102 ! se dit-il en pensant à Gainsbourg et en mettant un peu d'eau dans son double Pastis. Il lève son verre à la mémoire du musicien et fait un état des lieux de sa situation. Alcoolique ? Affirmatif ! Chômeur ? Affirmatif ! Fauché ? Affirmatif ! Raté ? *No comment !*

Depuis son canapé, il lance tour à tour les six cannettes vers la poubelle. La sixième touche sa cible. Trois points ! Je vais m'engager dans une carrière de basketteur professionnel, ironise-t-il en vidant son verre cul sec pour tenter de faire passer le gingembre, coincé dans son œsophage.

Les yeux mi-clos, il aperçoit sa voisine accrocher un dessin de sa gamine avec un aimant sur le frigo de sa cuisine. Une souris rose, reconnaît Arthur en s'écroulant au fond du canapé. Quelques secondes plus tard, il dort devant l'écran sur lequel vibrent des images en noir et blanc.

# Chapitre 5

## Où l'on réalise que le vin rosé
## est en fait orange

*Des terroristes islamistes se sont fait sauter accidentellement cette nuit en fabriquant une bombe. Les experts pensent qu'ils ont confondu les fils anciennement bleu et rouge dans leurs branchements.*

L'info passe en boucle sur toutes les chaînes. Dans un demi-sommeil, Arthur a dû entendre cette nouvelle une bonne dizaine de fois. Peut-être plus. Dieu, s'il existe, fait parfois bien les choses, pense-t-il en se massant la nuque. Il a une horrible gueule de bois.

Allongé tout habillé sur son canapé, courbaturé, il presse le bouton de la télécommande pour éteindre sa télé et se redresse. En touchant le sol, ses pieds nus s'enfoncent dans une matière gluante. Du vomi frais. Arthur ne se souvient de rien. Le trou noir. Qu'a-t-il fait la veille ? Il regarde autour de lui à la recherche d'un indice. Son appartement est une immondice. Il n'a pas fait le ménage depuis des semaines, peut-être des mois. Il observe fixement son vomi. Il a envie de mourir. Il ne sert à rien, il n'est rien, se dit-il. S'il disparaît, personne ne s'en rendra compte. Il se transformera en boule puante. Si certains lisent l'avenir dans le marc de café, Arthur voit le sien dans son vomi, le sent dans son odeur nauséabonde. Quelque chose lui semble bizarre. Il distingue parfaitement le gingembre. Ah non, grimace-t-il de dégoût en reconnaissant l'aliment, je n'ai pas mangé ce vieux truc ! Ça faisait au moins un an qu'il était dans mon placard !

Mais autre chose l'alerte. Ses connexions neuronales anesthésiées par l'alcool tentent tant bien que mal de reprendre une activité cohérente. En particulier l'aire au niveau de son cortex, qui essaie désespérément d'envoyer une information à toutes les zones activant la conscience. Émergeant d'une brume cérébrale, Arthur réalise ce qui cloche : la couleur de la racine de gingembre. Au milieu de la substance grise, le gingembre a retrouvé sa teinte rosée.

Arthur attrape un bout de gingembre en partie dissous par les sucs gastriques et l'essuie avec une serviette en papier. Il a bien cette couleur rose chimique, typique de celui servi dans les restaurants chinois qui veulent se faire passer pour authentiquement japonais.

Arthur récupère tous les morceaux de gingembre, les nettoie soigneusement avant de les placer sur une sous-tasse à café qu'il pose au centre de sa table basse en verre. Il les fixe, comme un croyant peut contempler un totem religieux. Avec fascination, crainte, étonnement, espoir. Une touche de couleur dans un univers gris.

Puis Arthur prend une résolution : ranger son appartement. Il remplit allègrement un grand sac-poubelle de détritus en tout genre disséminés partout. Dans sa chambre, au pied de son lit, ses vêtements se sont accumulés comme des sédiments. Couleur ardoise, calcaire ou granit, chaque jour une nouvelle strate de chaussettes, caleçons et T-shirts est venue recouvrir celle de la veille. Il bourre son lave-linge et s'attaque au grand ménage. Puis prend une bonne douche. Il faut absolument que je montre ça aux copains, se dit-il en sentant l'eau chaude glisser sur son dos et soulager sa gueule de bois.

Arthur s'habille en vitesse et descend au QG les cheveux mouillés. Il est encore tôt et il n'y a personne au bar, à part le patron, et Gilbert qui prend son café assis au comptoir en lisant *L'Équipe*. Les stations de ski vont revoir la classification des pistes selon leurs difficultés. Les pistes vertes et bleues deviendront des pistes blanches, les pistes rouges, des pistes grises. Seules les pistes noires ne changeront pas.

— Je déteste le ski, grimace Gilbert. En plus, j'ai le vertige.

— Regarde, Gros, ce que j'ai vomi, hurle Arthur triomphant en lui mettant sous le nez la coupelle de racines de gingembre mâchées.

— Mais c'est dégueulasse, vire-moi ça !

— Regarde la couleur !

— Il est déjà bourré, soupire Gros à Gilbert, qui a levé le nez de son journal.

Arthur pose la coupelle sur le journal de Gilbert.

Gilbert est le genre de type avec lequel il vaut mieux être copain. Petit, pas spécialement costaud, du genre très sec, il impressionne les autres par le mystère qui l'entoure. La peau vérolée donne à son visage grisé un aspect de coquille d'huîtres. Un volcan sous-marin assoupi d'une cinquantaine d'années qui ne demande qu'à se réveiller. La violence tranquille. Il porte tous les jours le même manteau noir 100 % cachemire et collectionne les chaussures de marque, preuve qu'il n'est pas dans le besoin. Chaque fois qu'on lui pose une question sur sa vie, il transperce son interlocuteur avec un tel regard qu'il remballe aussitôt sa curiosité.

— C'est quoi comme couleur, ça ?

— Vire-moi ça, grimace Gilbert en se replongeant dans son journal.

— Mais vous ne voyez pas que c'est rose ? s'époumone Arthur désespéré.

Gilbert lui jette un œil de la couleur de son manteau cachemire. Arthur fait un pas en arrière.

— Tiens, t'as oublié ça hier, dit Gros en ressortant le sous-bock sur lequel Arthur a noté son rendez-vous à Pôle emploi.

— Là aussi, c'est rose ! beugle Arthur en regardant son écriture. J'ai écrit avec un crayon qui était rose. Et le rose est réapparu. Vous ne le voyez pas ?

— T'arrête de nous faire chier, dit Gilbert de plus en plus menaçant.

113

— Écoute Arthur, c'est difficile pour tout le monde, dit Gros, dont les cernes profonds sous les yeux soulignent les propos. On est tous crevés. Je vais te faire un café bien noir.

Quartier de la Bourse. Un peu nerveuse, Pierrette pousse la porte vitrée du salon de thé. C'est ici, dit-elle à Simone qui la suit en regardant partout autour d'elle. Pierrette zieute les délicieux gâteaux présentés sur le bar, en particulier les mille-feuilles qui sont pour elle les meilleurs de Paris. Pâtissiers et cuisiniers sont vraiment sur deux planètes différentes, se dit la chef étoilée chaque fois qu'elle les goûte.

— On se met là ? demande Simone, en se jetant sans attendre dans une bergère au velours élimé. Simone apprécie de pouvoir soulager ses pieds endoloris. Les bottes en vinyle anciennement vermillon aux talons compensés que lui a offertes David Bowie en personne après sa tournée Ziggy Stardust sont un peu grandes pour elle. Ces bottes sont pour Simone des machines à remonter dans le temps. Dans le temps de l'insouciance où tout était permis surtout si c'était interdit.

Pierrette se laisse tomber dans un sofa de l'autre côté de la table basse. Le gros chat de la maison s'approche d'elle et saute sur ses genoux.

— Te voilà, toi, dit Pierrette.

Elle cherche du regard le patron qu'elle a eu au téléphone le matin, mais il n'est pas là. Un jeune garçon de café, spencer et nœud papillon, vient à leur rencontre.

— Je vais plutôt commander un mille-feuille, dit Pierrette de plus en plus agitée.

— Si tu veux. Donc un mille-feuille et un thé Arc-en-ciel, lance Simone au serveur avec un clin d'œil qui pourrait passer pour une tentative de drague.

Le garçon lui répond d'une petite courbette apprise en école d'hôtellerie.

— Finalement, je prendrai aussi le même thé, ajoute Pierrette du bout des lèvres.

À la table d'à côté, trois vieilles dames à la mise en plis parfaite sourient simultanément en essayant d'accrocher le regard de Pierrette qui caresse avec nervosité le chat qui ronronne.

Quelques minutes plus tard, Pierrette soulève le couvercle de la théière. À la place des sachets de thé, elle découvre deux petits papiers buvards imbibés de LSD qui infusent. Sur ces papiers, des smileys imprimés lui sourient.

Comment se fait-il que je sois le seul à voir le rose ? se demande Arthur en quittant le bar. Il croise un beau jeune homme, un sac Tati fuchsia à la main. Arthur lui sourit béatement, mais l'autre interprète mal cette marque de sympathie et baisse les yeux. Dans une boutique pour nouveau-né, Arthur tombe en arrêt devant des grenouillères. Il est à deux doigts d'en acheter une, mais est effaré par le prix de ce tout petit bout de tissu rose.

Il se balade toute la journée dans Paris, émerveillé à chaque fois qu'il aperçoit du rose. Cette couleur est omniprésente et il ne s'en était jamais rendu compte ! Des roses délavés, des roses crus, des vieux roses, des roses cuisse-de-nymphe. Une bonne centaine de nuances de roses ! Elles affleurent comme autant d'oasis bigarrées dans un désert cendré.

Les bancs publics sont occupés par des lecteurs de tout âge qui essayent de se réfugier dans les livres. « J'adore Barbara Cartland », glisse-t-il à une vieille dame en remarquant la couverture de son roman.

Dans une friperie, il tombe en arrêt devant une veste pour homme, rose bonbon à paillettes. Certainement un accoutrement de chanteur de bal populaire. La veste est trop grande pour lui. Le vendeur, qui ne pousse pas à la consommation, fait une petite grimace mais Arthur ne s'en soucie guère. « Elle est magnifique », s'enthousiasme-t-il tout sourires.

Reprenant sa promenade, et revêtu de la veste rose, Arthur voit briller de la vaisselle de la même couleur dans un salon de thé. À l'intérieur, une demi-douzaine de vieilles dames chics sont à quatre pattes et ronronnent ou miaulent à qui mieux mieux. Une vieille rockeuse se gratte l'oreille dans de grands gestes, pendant qu'une de ses copines lui lèche ses cheveux coupés très courts. Arthur réprime un soupir devant les ravages du LSD. Il profite quelques minutes du spectacle, puis entre chez un fleuriste. Il achète un magnifique bouquet de roses de Damas, reconnaissables à leur joli dégradé du rose au blanc. C'est la première fois de sa vie qu'il s'offre des fleurs.

De retour dans son quartier, Arthur aperçoit à une cinquantaine de mètres Charlotte et Louise qui rentrent chez elles. Arthur, de bonne humeur comme jamais, court les rejoindre. En pianotant sur le digicode de son immeuble, Charlotte sent une odeur de fleurs derrière elle.

— Je voulais m'excuser, madame, si j'ai pu vous importuner.

Elle reconnaît la voix un peu essoufflée.

Charlotte se tourne vers Arthur.

— Et pour me faire pardonner, puis-je vous offrir des fleurs ? ajoute-t-il en se rappelant que, de toute façon, il n'a pas de vase chez lui.

— Certainement pas ! répond sèchement Charlotte.

— Ou des rideaux ? tente Arthur.

— Non merci !

— Merci pour le crayon, s'interpose Louise, l'œil pétillant.

Arthur remarque le rose sur les joues de l'enfant.

Il se baisse à sa hauteur et lui demande de sa voix la plus douce :

— Tu sais de quelle couleur il était, ton crayon ?

— Rose, répond Louise du tac au tac. Comme ta veste !

— Laissez-nous, s'énerve Charlotte. Laissez ma fille tranquille. Si vous continuez, j'appelle la police !

— Attendez, c'est formidable, votre fille voit la coul...

Mais Charlotte a déjà refermé la lourde porte derrière elles.

— En ce moment, nous avons une promotion sur des rideaux gris avec des ronds gris foncé.

C'est la première cliente en trois jours à pénétrer dans sa boutique de décoration. La vendeuse n'en revient pas. La seule couleur de son commerce, c'est désormais le rouge de son solde bancaire. Un rouge flamboyant. La commerçante comprend que sa cliente est aveugle et adapte son discours.

— Nous avons aussi des voilages très doux au toucher.

D'après le timbre de sa voix, Charlotte l'imagine grande et forte et, d'après son parfum subtil, assez coquette. Elle suppose à juste titre qu'elle a les cheveux bouclés, sans savoir comment elle peut deviner cela.

— Je veux ceux-là maman, dit Louise, tout de rose vêtue, désignant des étoffes fraise Tagada.

— C'est un très joli gris perle ! Eux aussi sont en promotion.

Charlotte s'en veut de ne pas y avoir pensé plus tôt. Bien sûr, elle aime deviner la lumière crue du soleil qui lui indique que le jour s'est levé, ou celle, plus légère, des ampoules au sodium des lampadaires extérieurs qui annoncent la nuit. Mais pour se cacher des regards, les rideaux aux fenêtres sont nécessaires. Si tous les voyants en mettent, il y a bien une raison. Peut-être mon voisin m'a-t-il prise pour une exhibitionniste, se dit-elle.

Avant de rentrer chez elle, elle passe la porte du QG pour la première fois de sa vie. Elle déteste cet endroit duquel s'échappent jusque dans la rue des odeurs de tabac froid, de transpiration et d'alcool. Le café est bondé comme jamais. Avec les librairies, les cafés sont peut-être les seuls commerces à avoir vu leur chiffre d'affaires progresser.

— Bonjour ! Y aurait-il ici un certain Arthur ?

*Alerte sur lemonde.fr.*
*Forte décote d'un tableau de Rothko, vendu seulement 50 000 euros.*

Arthur, allongé sur son canapé, ouvre Facebook sur son iPhone. Il se sent moins seul depuis qu'il a compris que d'autres percevaient au moins une couleur.

Il poste son « humeur ».

*Je vois la couleur rose sans prendre de LSD ! Trop content ! Quelqu'un d'autre ?*

Les réactions de ses « amis » ne se font pas attendre :

*Pas drôle.*

*Arrête de boire.*

*T'es vraiment un connard.*

Au moment où Arthur supprime son post, son téléphone sonne.

— Bonjour, Arthur. Je suis Charlotte, votre voisine d'en face. C'est le patron du QG qui m'a donné votre numéro, dit une voix tendre comme un steak de restaurant universitaire.

— Écoutez, je suis désolé, je...

Charlotte lui coupe la parole.

— Mon père m'a toujours dit qu'il fallait soigner le mal par le mal. Je veux bien que vous m'aidiez à accrocher mes rideaux.

Arthur regarde par la fenêtre et voit sa voisine au téléphone, debout devant sa fenêtre, du tissu rose dans les mains.

— Donnez-moi cinq minutes. J'arrive.

Charlotte est une adepte de la *mindfulness*, un concept issu du bouddhisme qui consiste à accepter ce qui nous arrive, même les événements négatifs, et à essayer d'en tirer un bénéfice. Elle se rappelle parfaitement de cette conférence sur la pleine conscience à l'université. Les étudiants avaient été invités à commencer par un exercice pratique.

— Imaginez : vous êtes au volant de votre voiture pour vous rendre à un rendez-vous important. Vous cherchez à vous garer depuis vingt minutes et vous êtes déjà en retard. Enfin, vous trouvez un emplacement libre entre deux véhicules. Vous avancez au niveau de la première voiture pour reculer et faire un créneau quand, soudain, un automobiliste qui vous suivait vous chipe la place en se garant en marche avant. Le conducteur se permet même un sourire moqueur à votre attention en quittant son véhicule. Essayez de trouver trois bénéfices à cette situation. J'ai bien dit des bénéfices !

Grand silence dans la salle. Un des étudiants avait tenté :

— J'aurai enfin la preuve que ma batte de base-ball est plus solide que les vitres d'une Mini.

— Je ne le compte pas comme un bénéfice, tempère l'intervenant. Cherchez encore.

Silence général.

— Je vais vous expliquer la mécanique. Quand une situation de stress intense se présente, vous activez instantanément des connexions neuronales dans votre cerveau limbique, celui-là même qui a permis à l'espèce humaine de parer les dangers et de survivre depuis la nuit des temps. Mais cette partie du cerveau est très limitée. Elle se cantonne à l'émotion et ne favorise pas la réflexion. Tout consiste à créer des activations neuronales dans votre cortex préfrontal, là où se développent votre imagination et votre raisonnement. Vous pourrez ainsi maîtriser vos émotions.

Le silence se fait un peu dubitatif.

— Je vais pouvoir profiter jusqu'au bout du morceau de musique que j'écoute dans mon autoradio, avait tenté Charlotte pour rompre le silence.

— J'aurai une excuse pour mon retard et je pourrai raconter cet événement sur le ton de la plaisanterie, avait proposé un deuxième étudiant.

— Je me dis que ça me servira de leçon. Et la prochaine fois que je me rendrai à un rendez-vous important, je partirai bien en avance pour arriver détendu, avait ajouté un troisième.

Le conférencier avait affiché un grand sourire satisfait.

— Par chance, notre cortex a une grande plasticité. Et en tant qu'étudiants en neurosciences, vous savez que contrairement à ce que véhicule une croyance populaire, on crée des cellules nerveuses à tout âge. Plus vous ferez cet exercice, plus votre cerveau prendra l'habitude de rester, en toutes circonstances, connecté à votre cortex préfrontal. C'est cette aptitude qui caractérise la plupart des grands hommes que l'on appelle des sages.

En se coiffant devant son miroir, Arthur réalise que, pour séduire sa voisine, c'est un peu léger. Il fouille dans son placard et trouve un vieux flacon de parfum Giorgio Armani. Il s'en asperge généreusement. Puis prend ses outils. Perceuse. Mètre ruban. Chevilles. Quelques secondes plus tard, il a le doigt sur la sonnette. C'est Louise qui lui ouvre.

— C'est moi qui les ai choisis, dit-elle fièrement en lui montrant les rideaux. Tous les autres, ils étaient gris.

— Pas besoin de vous expliquer sur quelle fenêtre j'ai besoin de rideaux, murmure Charlotte d'une voix étonnamment amène.

Une demi-heure plus tard, Arthur, les mains sur les hanches, admire son travail. Il n'a jamais été très doué en bricolage, mais le résultat est « pas pire », comme disent les Québécois. Et le rideau a l'air de tenir, malgré les chevilles un peu trop grosses. Louise s'approche. Arthur reconnaît, serré dans sa petite main, le crayon rose rhodamine.

— Regarde ! lui dit-elle en lui tendant une feuille de papier.

Un dessin sur une petite feuille de bloc-notes. Avec un peu d'imagination, on peut distinguer une silhouette humaine grise arborant une veste rose, perchée sur un escabeau pour installer un rideau rose devant une fenêtre grise. D'après l'esquisse de Louise, il a un gros ventre et la tringle n'est pas posée à l'horizontale. Arthur vérifie les deux points. Malheureusement, ils sont avérés.

— C'est le plus beau dessin qu'on m'ait jamais offert, lui dit Arthur sans mentir, puisque c'est le premier dessin qu'il reçoit.

Arthur brûle d'envie de dire à Charlotte que sa fille et lui voient la couleur rose. Mais il n'ose pas prendre le risque de passer encore pour un cinglé.

— Qu'est-ce que vous faites de beau dans la vie ? demande-t-il finalement, n'ayant pas trouvé mieux pour lancer la conversation.

— Je suis une spécialiste des couleurs.

Et voilà ! Elle se moque de lui. Il n'insiste pas. Il plie la petite feuille de papier qu'il range dans la poche intérieure de sa veste.

— Bon, je vais vous laisser. Si vous avez besoin de quoi que ce soit, je suis à votre disposition.

— Merci, répond simplement Charlotte en ponctuant l'interjection par un claquement de la porte.

Arthur s'arrête au QG. Finalement, c'était une journée de travail. De dur travail. Et puis, c'était le jour du beaujolais nouveau. Un vin qu'il voit d'un jour nouveau.

*Alerte sur lemonde.fr.*
*E.L. James devrait sortir prochainement son nouveau roman :* Un million de nuances de Grey.

— Je te dis que je vois la couleur de ce pinard, répète sans cesse Arthur, cette fois-ci à l'adresse de Momo, son ami livreur.

— Et moi, je te dis qu'on ne parle pas de la couleur du vin mais de sa robe, lui répond ce dernier.

— Et alors, c'est quoi la robe de ce beaujolais nouveau ?

— Celui-là ? Entre le ciment dilué dans de l'eau, la Guinness et le Viandox.

— Et avant, c'était quoi ?

Momo bombe le torse, adopte l'attitude du connaisseur, fait tourner le vin dans son verre et regarde son éclat avec attention.

— Les œnologues évoquent une robe cerise blanche, un rouge clair, témoignage de sa jeunesse.

— Et c'est quoi, comme couleur, le rouge clair ? Le rose ! Et moi, je peux témoigner que cette année, le beaujolais nouveau est bien rose !

— Mais non, le beaujolais nouveau, c'est pas un vin rosé.

Une idée traverse l'esprit alcoolisé d'Arthur.

— Bonne idée, ça. Je vais comparer. Gros, un rosé, s'il te plaît !

Gros lève les yeux au ciel et lui sert une nouvelle rasade.

— Eh bien tu vois, le vin rosé, on n'aurait jamais dû l'appeler rosé, constate Arthur déçu. Je le vois quasiment gris. Quelques reflets légèrement roses en surface, mais c'est tout. Et je peux te dire que je suis maintenant un spécialiste du rose. Mais si je me rappelle bien, il avait plutôt une couleur un peu orangée. Tant pis, je ne vais pas le laisser. Et il bascule la tête en arrière, le verre à ses lèvres.

— Tu commences à nous emmerder avec ton rose, rumine Gilbert en se frayant un chemin vers le bar pour attraper un verre de beaujolais.

— Alors, tu dis que tu vois cette couleur ? dit Gilbert d'un air de défi.

— Je t'assure !

— On va faire un test, je crois que j'ai sur moi un truc où il y avait du rose avant.

Gilbert ouvre son portefeuille.

— Ton permis de conduire est rose, se réjouit Arthur.

— Me prends par pour un perdreau tombé du nid, tout le monde sait que les permis de conduire étaient roses. Regarde cette photo, dit Gilbert en la sortant de son portefeuille.

131

Un couple digne d'un gâteau de mariage pose au milieu d'une vingtaine d'invités endimanchés et de femmes chapeautées, pour la plupart asiatiques, tout comme la mariée, qui trône fièrement dans une robe meringue. Arthur dévisage Gilbert.

— On dit que l'alcool, ça conserve. C'est toi, là ?

— Ouais, est-ce que tu vois du rose sur la photo ?

— Personne ne porte de rose, répond Arthur se replongeant dans son verre.

— Regarde bien !

— Ah ben... t'avais des chaussettes roses !

Gilbert, éberlué, le regarde fixement, la bouche grande ouverte.

— C'est pas des conneries, bafouille finalement Gilbert, abasourdi, à Momo.

— T'avais des chaussettes rose pétard, un peu comme ce rose, surenchérit Arthur en sortant le dessin de Louise. C'est la fille de la voisine d'en face qui me l'a donné.

— Putain ! hurle Gilbert en découvrant le dessin.

— Quoi ? dit Arthur.

— Oh merde, souffle Gros.

— Enculé ! complète Momo, dans le ton de la conversation.

— Quoi ?

— Je le vois rose, ton dessin ! bredouille Gros, comme s'il avait vu la Vierge, version miracle du Rosaire.

— Moi aussi ! Et le beaujolais aussi, il est rose maintenant ! s'émerveille Momo.

— Et je vois mes chaussettes roses sur la photo ! s'exclame Gilbert.

Arthur se hisse sur le bar, brandit le dessin au-dessus de la tête et le présente à la dizaine de soiffards autour de lui. On dirait une play-mate sur un ring de boxe venue annoncer le prochain round.

— Tournée générale ! chevrote Gros en faisant tinter la cloche.

*Alerte du monde.fr.*
*Un tableau de la série* Outre-Noir *de Pierre Sou-lages a été vendu 310 millions de dollars et devient le tableau le plus cher au monde.*

Arthur n'arrive pas à dormir. Il a la tête qui tourne, il manque d'air. Il ouvre sa fenêtre pour respirer. Malgré le froid qui s'est enfin décidé à gagner Paris, et le fait qu'il soit tout nu, il transpire. Il faut que j'arrête de boire, se répète-t-il pour la trentième fois de la semaine, dégoûté par l'odeur de vinasse qui perle sur son front. Entre ses mains, complètement froissé et en boule, il tient précieusement le dessin. Un client a voulu le lui piquer au QG. Le ton est monté. Arthur n'a rien contre une petite bagarre, cela lui rappelle son passé de rugbyman, mais il n'était pas en état. Il s'était éclipsé en « oubliant » de payer ses consommations. Une sonnerie stridente le sort de son demi-sommeil. La sonnette ? La dernière personne à avoir appuyé sur ce bouton était un huissier, venu lui remettre une lettre. Qui peut bien sonner à vingt-trois heures ? Gros qui veut que je lui règle l'ardoise ? Arthur se sent paralysé, nu dans son lit.

— C'est qui ? lance-t-il.

— Excusez-moi de vous déranger, je suis journaliste, dit une voix dotée d'un accent étranger.

— Revenez demain. Je ne me sens pas très bien.

— Je me permets d'insister.

Arthur n'a qu'une envie, dormir pour évacuer le vertige étourdissant qui tourbillonne dans sa tête.

— Demain !

Soudain, un bruit sourd. On vient de fracturer sa porte. Deux hommes armés et masqués surgissent devant lui dans la pénombre.

Sous l'emprise de l'alcool, Arthur n'éprouve aucune peur, mais plutôt de l'agacement. Aussitôt il comprend. Eux aussi veulent lui piquer son dessin.

— C'est un cadeau, mon seul cadeau, il est à moi ! crie Arthur en s'emparant de la feuille.

— Où est le dessin ? demande le premier en allumant la lumière.

Il a la corpulence d'un molosse.

Arthur a juste le temps de fourrer la boule de papier dans sa bouche et de la coincer entre ses gencives et sa joue.

Les deux hommes le sortent brutalement de son lit, le plaquent au sol sur le ventre et l'immobilisent avec une clé de bras. Les gestes sont précis. Des professionnels. Arthur sent le papier se déliter dans sa bouche.

— Où est le dessin ? répète-t-on d'un ton péremptoire.

— Je vous emmerde, mâchonne Arthur.

Le deuxième homme commence à fouiller chaque recoin de son appartement, sans ménagement. Il renverse les tables, vide les tiroirs, les armoires. Arthur trouve la situation amusante. Il se voit comme le héros d'un film de Hitchcock, immergé dans l'action. Ils s'en sortent toujours, les héros. Et en plus, ils finissent dans le lit d'une jolie blonde.

— Putain, je venais de ranger !

Le molosse l'attrape par les cheveux et lui relève la tête.

— Tu l'as caché où ?

On dirait Laurel et Hardy, pense soudain Arthur en regardant les deux intrus. Laurel et Hardy avec le chapeau melon enfoncé jusqu'au menton.

Sourire niais d'Arthur, aussitôt contrarié par une énorme claque de la main libre de Hardy. Le dessin se coince dans sa gorge. Arthur étouffe. Il ouvre la bouche. Hardy aperçoit la boulette de papier.

— Recrache ! hurle-t-il.

Trop tard. Arthur a avalé la boulette.

Hardy le soulève d'un seul geste, le retourne la tête en bas et en le tenant d'une seule main contre sa poitrine lui tape dans le dos.

— Cherche de l'alcool, ordonne-t-il à Laurel en le retournant à nouveau. On va le faire vomir.

Laurel ne voit qu'une bouteille de Pastis vide près de la poubelle. Il a tout bu ce con. Dans la salle de bains, il trouve le flacon de parfum sur le lavabo. Ils le lui enfoncent dans la bouche. Contre toute attente, Arthur ne se débat pas et tète au goulot comme s'il en redemandait.

— Ça ne va pas marcher. Qu'est-ce qu'on fait ? demande Laurel

— Je sais ! répond Hardy en écrasant sa lourde patte sur la tête d'Arthur.

On dirait un candidat à un quiz télévisé qui connaît la bonne réponse, le crâne d'Arthur faisant office de buzzer. Il tape dessus à plusieurs reprises, de toutes ses forces. Arthur pousse à chaque fois un cri, imitant de façon très approximative le bruit du buzzer. Son cerveau qui flotte dans le liquide céphalo-rachidien cogne à chaque impact la table interne de sa voûte crânienne, provoquant des feux d'artifice de couleurs dans sa conscience. Oh la belle bleue ! Oh la belle rouge ! Le dernier choc est encore plus violent. Un bouquet final multicolore qui lui fait perdre connaissance. Arthur a juste le temps d'entendre Hardy ordonner : « On lui ouvre le ventre ! »

Arthur gît nu sur le sol de sa chambre. Depuis quelques secondes, quelques minutes, quelques heures, il ne sait pas. Les deux hommes sont en grande discussion dans son séjour. Il ouvre discrètement un œil sans bouger. Pas de sang sur sa poitrine. A priori, il est en vie. Il aperçoit Laurel à travers la porte qui tient un couteau de cuisine. Son couteau de cuisine ! La bonne nouvelle, c'est qu'il ne l'a pas aiguisé depuis des années. La mauvaise nouvelle, c'est qu'en émergeant progressivement des limbes, il entend distinctement leur conversation.

— C'est moi qui le fume ! Toi tu le trifouilles pour récupérer le papier ! dit Laurel.

— Et pourquoi ce ne serait pas l'inverse ? J'ai un costard tout neuf. Et les taches de sang, ça part très mal au pressing. En plus l'acidité de la bile, ça bousille la couleur.

— Il est gris maintenant ton costard.

— Anthracite ! Et je ne veux pas d'auréoles !

— On n'a qu'à tirer ça à pile ou face, dit Hardy en sortant une pièce de sa poche.

Arthur a mal au crâne. Dans quelques secondes, il aura très mal au ventre. Je préfère avoir mal aux jambes, se dit-il en se levant d'un coup et en se précipitant vers la fenêtre ouverte. Sans réfléchir, il saute du deuxième étage et rebondit sur le store du QG. Il touche le sol du pied gauche, signe d'une mauvaise journée qui s'annonce, et se foule aussitôt la cheville. Instinct de survie. Arthur oublie la douleur et court aussi vite que possible vers le commissariat du XIV$^e$ arrondissement. Ce ne sont pas ses pieds en sang qui le freinent dans sa course, ni même sa cheville endolorie mais plutôt ses attributs masculins qu'il maintient d'une main. Et c'est donc en croyant à un geste de pudeur que le planton ahuri du commissariat de police voit accourir vers lui un homme nu comme un ver.

Le présentateur météo s'emmêle les pinceaux en bafouillant sur le temps, gris sur la moitié nord du pays et gris, même s'il n'y a pas de nuages, sur la moitié sud, avant de laisser la parole à Charlotte.

*Une bonne nouvelle : la disparition des couleurs va aiguiser notre perception des blancs, des gris et des noirs. Prenez les Inuits, qui vivent autour du cercle polaire, ils ont plus de vingt-cinq mots pour définir le blanc, preuve que le contact quotidien avec la neige a déjà depuis longtemps affiné leur sensibilité. Et nos jeunes gens qui passent des heures devant des jeux vidéo, en particulier les jeux de guerre. Devinez quoi ? Ils ont depuis longtemps développé une meilleure perception des contrastes, en particulier dans les gris, ce qui leur permet de mieux voir la nuit.*

*Eh oui, la sensibilité à la couleur varie selon les époques et les cultures. Au temps d'Aristote, par exemple, il n'existait que cinq noms de cou-*

leurs : blanc, rouge, vert, bleu, noir. Aucun mot pour qualifier les autres couleurs. Peut-être la preuve que les Grecs n'y étaient pas particulièrement sensibles. La clarté et l'obscurité étaient des notions prépondérantes. On classait les couleurs uniquement par rapport à leur luminosité entre le blanc et le noir... Dans l'Antiquité, le blanc n'était qu'un jaune extrêmement brillant et le noir le plus sombre des bleus...

De nombreux peuples ont longtemps confondu le bleu et le vert, comme les Aztèques ou les Japonais. Il y a quelques semaines encore, un automobiliste nippon devant un feu vert l'appelait « feu bleu », alors que la couleur du feu vert était identique à celle que nous avons en Occident, et qui, je le rappelle aux automobilistes étourdis, est la lumière du bas sur un feu anciennement tricolore...

À demain, chers auditeurs.

— Manu, viens écouter ça ! hurle un inspecteur de police.

Le Manu galonné entre dans le bureau et découvre un homme nu assis sur une chaise. L'inspecteur sort de l'imprimante qui a fini de crépiter une feuille de papier A4. Il commence sa lecture en souriant.

*Le susnommé Arthur Astorg déclare : Je fêtais cette nuit le beaujolais nouveau avec des amis dans un bar d'habitués nommé le QG à Paris, en bas de chez moi. Et je voyais distinctement que le vin avait une couleur rose. En montrant aux autres clients du bar un dessin réalisé par une jeune voisine, tous se sont mis à voir la couleur rose. Nous avons bu quelques verres pour arroser ça et je suis rentré me coucher. Quelques heures plus tard, deux hommes cagoulés ont fracturé la porte de mon appartement pour me voler le dessin, que j'ai avalé. Mes agresseurs sont des professionnels très dangereux. Pendant qu'ils tiraient à pile ou face pour savoir qui m'étriperait, je me suis enfui en sautant par ma fenêtre. Et je suis venu directement en courant à votre commissariat pour porter plainte.*

Le Manu galonné se gratte le crâne : le LSD mélangé au beaujolais, c'est encore pire !

— Très bien. Signez là, monsieur.

— C'est dur à croire, mais c'est la réalité ! ajoute Arthur en prenant le stylo. C'est certainement un client du bar qui les a prévenus.

— Vous êtes en grand danger, complète Manu, en hochant gravement la tête. Nous allons vous garder quelques heures dans un lieu sûr.

— Maintenant que j'y pense, ils savent tous que c'est ma petite voisine qui m'a donné ce dessin. Il faut aussi la protéger. Je ne connais pas le numéro, mais c'est juste en face au deuxième étage. Son prénom, c'est Louise. Et sa mère s'appelle Charlotte.

— Bien sûr ! On va aussi lancer une surveillance par hélicoptère. D'en haut, on pourra même repérer s'il y a un troupeau d'éléphants roses dans Paris. Inspecteur, donnez-lui un pantalon et une chemise et accompagnez ce monsieur en cellule de dégrisement. Là, ils ne vous retrouveront jamais, ricane le gradé.

Lorsqu'il sort du commissariat, la première chose à laquelle pense Arthur, c'est prévenir ses voisines avant qu'il ne soit trop tard. Tout ce qu'il sait de leur emploi du temps, c'est que Charlotte va chercher Louise à la sortie de l'école et qu'elles reviennent ensemble en métro. Il n'ose pas rentrer chez lui et attend donc patiemment sur le quai en se dissimulant autant que possible. Elles passent en général vers 17 heures, se dit-il.

— Quelle heure est-il, s'il vous plaît ? demande-t-il à une vieille dame.

Celle-ci, après un mouvement de recul, accélère le pas en baissant la tête, sans lui répondre. Il comprend que pieds nus, pas lavé et avec un pantalon beaucoup trop grand, il ne ressemble pas au gendre idéal.

— Je veux juste savoir l'heure, implore-t-il auprès de plusieurs personnes.

— 17 h 32, finit par lui répondre un jeune hipster barbu, en consultant son Apple Watch.

L'heure est passée depuis longtemps. Peut-être est-il arrivé un malheur ! Dans sa panique Arthur s'exclame : « Personne ne me croit. Même moi, je ne me crois pas. »

Arthur est désespéré. Si je les retrouve, je jure de ne plus toucher à une goutte d'alcool. De la journée ! ajoute-t-il aussitôt en apercevant une canne blanche sortir d'une rame de métro. Une seconde plus tard, il reconnaît Charlotte et sa fille habillée en princesse, main dans la main. Arthur s'est répété des dizaines de fois ce qu'il doit dire. Il va passer pour un fou, mais il n'a pas le choix. Sa seule chance, c'est de parler à Louise. Il attend qu'elles passent devant lui sur le quai et reste assis pour être au niveau des yeux de la fillette. Il lui fait un petit geste de la main.

— Bonjour, Louise, tu sais que ton dessin plaît beaucoup, je l'ai montré à mes amis. Tout le monde l'a adoré.

Les joues de Louise, un peu gênée par le compliment, se mettent à rosir.

— Écoutez Arthur, dit Charlotte en reconnaissant sa voix, je vous remercie de m'avoir aidée à accrocher les rideaux mais, maintenant, je vous prie une nouvelle fois de nous laisser tranquilles.

Arthur change de stratégie.

— Vous êtes en danger. Votre fille a un don. Je ne sais pas pourquoi, mais il suffit qu'on regarde un des dessins faits avec le crayon que je lui ai offert pour percevoir à nouveau la couleur rose. Seulement voilà, il y a des gens prêts à tout

145

pour s'emparer de ces dessins. Et ces gens-là ne plaisantent pas.

— Est-ce que je peux vous donner un conseil ? répond Charlotte d'une voix aussi douce que possible. Vous devriez arrêter de boire. Vous sentez le vin à des kilomètres.

— Je vous en supplie, ne rentrez pas chez vous !

Charlotte ne répond pas et continue son chemin tout en tenant la main de Louise, qui se tord le cou pour continuer à regarder Arthur. Elles sortent du métro et Arthur, qui les suit une trentaine de mètres derrière elles, ne sait pas quoi faire. Dehors, il est saisi par une odeur de brûlé. De plus en plus forte. En arrivant dans leur rue, toujours à quelques mètres derrière elles, il comprend. L'appartement de Charlotte et Louise est en feu. Une épaisse fumée noire s'échappe par les fenêtres. Un camion de pompiers, sirène hurlante, les dépasse en trombe. Arthur fonce vers la mère et sa fille.

— C'est votre appartement qui brûle ! Il ne faut pas rester là ! Je vous assure. Ces hommes sont redoutables.

Charlotte sent la fumée et s'arrête net. Tout ça va trop vite. Un alcoolique prétend qu'elles sont en danger pour une histoire de don qu'aurait Louise. Et si elle se fie au son de la sirène du camion qui s'est arrêté à une centaine de mètres, il est bien possible que ce soit son appartement qui soit en train de brûler. Est-ce que c'est lui qui aurait mis le feu ? Il m'aurait dérobé mon trousseau de clés quand il est venu poser les rideaux ? C'est peut-être lui, la menace. C'est sûr, c'est un déséquilibré ! Elle prend Louise dans ses bras pour la protéger et la serre contre sa poitrine.

— Mon crayon, maman ! pleurniche l'enfant en apercevant les flammes. Il est dans ma chambre ! Il faut aller le chercher.

— Fuyons, dit Arthur, s'ils nous voient, ils sont capables de tout.

Charlotte hésite. Louise semble lui faire confiance. Et pourquoi sa première réaction est-elle de vouloir récupérer un simple crayon ? Elle aurait dû s'inquiéter pour son doudou. Et pourquoi s'habille-t-elle uniquement avec ses vêtements roses alors qu'elle disait, il n'y a pas si longtemps, que c'était une couleur pour les bébés ?

— Vite, montez, lance Arthur qui vient d'arrêter un taxi. On va où vous voulez.

Une vingtaine de paires d'yeux derrière une vingtaine de paires de lunettes observent Arthur en bout de table. Tous dégustent une souris d'agneau confite à l'encre de seiche préparée par Pierrette et accompagnée d'un porto bien sombre. Au moins les couleurs sont cohérentes, soupire Pierrette en regardant les pensionnaires qui se régalent.

Arthur vient de terminer son histoire rocambolesque. Il y a ceux qui doutent de ses propos et ceux qui ne doutent pas une seconde que c'est un mythomane. Il y a aussi ceux qui semblent réfléchir les yeux fermés, à moins qu'ils ne se soient endormis. Seul Lucien, sa petite-fille sur les genoux, hoche régulièrement la tête.

— J'aimerais tellement que ce soit vrai, murmure-t-il. Comme le dit Pierre Dac, si la matière grise était rose, le monde aurait moins les idées noires.

— Je vous promets que cette petite fille et moi, nous voyons le rose ! Tiens, cette dame est habillée en rose ! Demandez-lui, dit Arthur en désignant une vieille femme à la peau froissée assoupie dans son fauteuil roulant et dont la tête dodeline en rythme, comme un balancier d'horloge.

Simone lui caresse tendrement le bras pour la réveiller.

— Augustine, de quelle couleur est ton chemisier ?

— Gris ! dit-elle en se réveillant en sursaut et en regardant sa manche.

— Oui mais avant, il était de quelle couleur ?

— Vert.

— Tu es sûre ?

— Peut-être qu'il était bleu.

Arthur reconnaît le visage de l'ancienne directrice de maison de disques ainsi que celui de la chef cuisinière qu'il a aperçues en train de jouer au chat dans le salon de thé, mais zappe très vite cette pensée.

— Louise, dis-leur que la dame porte du rose ! s'emporte Arthur.

— On fait dire ce qu'on veut à une enfant, coupe Lucien. Pour l'instant, Louise, tu n'as rien mangé. Il faut que tu goûtes, c'est très bon.

Lucien pique dans l'assiette de sa petite-fille et lui présente la fourchette. Louise ferme la bouche de dégoût.

— Je veux pas manger de souris, c'est gentil les souris.

Bien sûr, pourquoi n'y ai-je pas pensé plus tôt, se reproche Charlotte... Elle se retourne sur son siège et fouille dans son sac à main. Au moins, on saura si tout cela n'est qu'affabulation. Et s'il faut l'interner dans un asile pour fous dangereux ou un centre de désintoxication.

— Louise, tu n'avais pas un cadeau pour ton grand-père ? lui dit-elle en lui tendant une enveloppe.

— C'est pour toi, Papi !

Lucien ouvre l'enveloppe et jette un œil sur le dessin. Aussitôt il déglutit de travers en apercevant la couleur rose de la souris et part dans une quinte de toux.

— Tu veux plus manger de souris toi non plus ? demande Louise.

Le dessin passe de mains en mains. Quelques paires de mâchoire-dentier se décrochent.

— Il était rose ton chemisier, Augustine, lui dit gentiment Simone en lui montrant le dessin.

— C'est bien ce que je disais, répond Augustine en amplifiant son mouvement de tête avant de refermer les yeux.

Charlotte cherche une explication. Le dessin avait-il stimulé leurs connexions neuronales entre l'aire V4 du cerveau et les zones activant la conscience ? Ce serait formidable !

— Il faut que tout le monde voie ça ! conclut-elle à haute voix. Par contre je ne veux pas que l'on remonte jusqu'à ma fille.

— J'ai peut-être une idée, murmure Simone, en s'emparant du dessin.

# Chapitre 6

## Où l'on apprend qu'il existe une voix absolue

L'ancienne directrice de maison de disques porte un perfecto et quelques piercings à l'oreille. Tout dans son attitude, sa démarche, sa façon d'être, ses réflexions, contredit son âge. Les rides profondes qui sillonnent ses joues prennent naissance à la commissure de ses lèvres pour monter en oblique, et sculptent sur son visage un sourire permanent. Ce vieux matou a bien dû se marrer dans sa vie, pense Arthur en se dirigeant avec elle vers la station de RER.

Elle lui a proposé un jeu : le premier qui repère du rose sur le trajet. Simone gagne par 120 contre 110. À travers les vitres du RER, il découvre que c'est l'une des couleurs préférées des taggers. En fait, il y en a partout, il suffit d'y prêter attention.

— Cent onze, annonce Arthur à la station Châtelet en désignant le chapeau Borsalino en feutre rose layette porté par un jeune homme. Certainement un emprunt à sa grand-mère.

— Deux cents, lui répond Simone d'une voix victorieuse en lui montrant du menton un marchand de bonbons. Il est tout de rose vêtu dans une boutique rhodamine et attend désœuvré que des clients s'intéressent à ses guimauves et autres sucreries gavées de colorant E124. Visiblement, les affaires ne marchent pas fort.

— C'est là qu'on va, et elle entraîne Arthur vers une musique électro qui se fait de plus en plus forte. Un jeune homme maigrissime en survêtement, les cheveux gras, debout devant un sampler, pianote en rythme sur de gros pads carrés. Au sol devant lui, une casquette retournée n'a accueilli que quelques maigres piécettes.

Il crée une ligne de basse qui se répète en boucle. Puis il appuie sur différents boutons toujours en rythme pour ajouter les percussions, une ligne de piano et quelques cuivres. Les voyageurs passent sans lui prêter la moindre attention.

Il saisit sa guitare électrique, branchée à son sampler.

— *Fade to Grey* de Visage ! s'exclame Simone aux premières notes jouées.

La voix grave et rocailleuse du garçon contraste avec son jeune âge. L'interprétation est tout simplement parfaite. Simone se met à danser et le musicien lui sourit. Il lui manque quelques dents, mais force est de constater qu'il a bien toutes ses tripes lorsqu'il se met à interpréter un solo de guitare que n'aurait pas renié Angus Young.

— Il joue ici tous les jours, explique Simone à Arthur en l'invitant à danser avec elle.

*Alerte sur lemonde.fr*
*Une salle de shoot au LSD devrait ouvrir prochainement à Paris.*

Les chaînes télévisées du monde entier inter-rompent quasi simultanément leurs programmes. Elles présentent la vidéo amateur prise avec un téléphone d'un concert dans les sous-sols du métro parisien. Entre une foule hystérique et le musicien, dans sa casquette au sol, des dizaines de billets de banque recouvrent partiellement le dessin d'une souris rose. L'homme interprète dans une version techno et avec une énergie folle *La Vie en rose* d'Édith Piaf.

En découvrant la souris sur le film amateur, les neurones sensibles à la teinte rose de chaque téléspectateur réactivent en chaîne les connexions de millions de cellules nerveuses jusqu'à créer une perception consciente de cette couleur. Le rose vient de ressurgir en musique dans le monde noir et blanc.

Certains spectateurs pleurent de bonheur, d'autres se signent. Certains partent dans un fou rire, d'autres restent interloqués, incapables de bouger, la bouche ouverte devant leur écran.

On déplore des crises cardiaques et de nombreux évanouissements. Les pompiers et les hôpitaux sont débordés. Les chaînes de télé doivent ajouter en catastrophe un message d'avertissement à leurs publics pour leur demander de visionner ces « images choquantes » de préférence assis. En quelques heures, la vidéo dépasse les 2,6 milliards de vues sur YouTube de *Gangnam Style*. Partout, les gens s'embrassent et se prennent dans les bras. Les automobilistes klaxonnent à tout rompre et se baladent la fenêtre ouverte en brandissant des étoffes ou des peluches roses en guise d'étendards.

Les fans de rugby pourraient croire à une victoire de coupe d'Europe du Stade français. Les plus âgés ont l'impression de revivre la Libération de Paris.

Des milliers de Japonais improvisent leurs traditionnels *hanami*, ces pique-niques qui se déroulent habituellement au printemps sous les cerisiers en fleur. En ce mois de novembre, les cerisiers sont déplumés, mais pour les Japonais, le retour du rose signifie qu'ils vont pouvoir à nouveau admirer comme il se doit la couleur de ces fleurs aux pétales rose très clair.

Les résidents, aidés par Charlotte, Louise et Arthur décorent joyeusement le studio de la résidence. Tout ce que les retraités ont trouvé de rose dans la maison est descendu dans le salon. Louise pose précautionneusement une serviette en papier couleur Chamallow dans chaque assiette. Le téléphone de Charlotte sonne. Une voix de robot indique l'auteur de ce SMS. Appel... Boss... France Inter.

Charlotte rejette l'appel. C'est le sixième message de Mehdi Tocque.

Arthur surprend malgré lui la voix métallique.

— Vous travaillez à France Inter ?

— Oui.

— Et vous faites quoi là-bas ?

— Je vous l'ai déjà dit, je suis une spécialiste des couleurs.

— Charlotte... Vous êtes Charlotte Da Fonseca, la chroniqueuse ! Mais bien sûr, cette voix...

Arthur est sidéré. Celle qui essaye depuis des années de nous faire aimer les couleurs ne les a jamais vues !

— C'est formidable, reprend Arthur, vous allez pouvoir expliquer ce qui s'est passé.

— Il est hors de question que je raconte que c'est un dessin de ma fille qui a permis de faire réapparaître la couleur rose. Et il est tout aussi hors de question que j'invente un bobard.

— De toute façon, les médias ont déjà trouvé leur explication, la rassure Arthur en lisant une info sur son smartphone : cette future « plus grande star de tous les temps » a atteint une telle perfection et une telle sincérité dans son interprétation de *La Vie en rose* qu'il a fait réapparaître cette magnifique couleur. Mieux que « l'oreille absolue », ce jeune homme timide aurait « la voix absolue ». Le titre commercialisé aussitôt sur les plateformes est arrivé instantanément en tête des ventes en téléchargement légal. Le chanteur était déjà en studio d'enregistrement cet après-midi pour interpréter *Blue Hotel* de Chris Isaac et *Red Red Wine* de UB 40. Malheureusement, le rouge et le bleu ne sont pas encore réapparus.

— La production a vu en lui son rossignol aux œufs d'or ! sourit Charlotte.

Je vois le rose aux environs de 2 500 tours/ minute, remarque Ajay en faisant ronfler le moteur de son taxi à l'arrêt. Il ouvre les yeux pour regarder une chaîne YouTube sur son téléphone qui diffuse des images de liesse populaire dans son pays natal. Une pluie drue de poudre rose s'abat sur le sous-continent indien. Un Pink Holi festival s'est improvisé dans toutes les villes. Les hindous s'envoient au visage, en une journée, des milliers de tonnes de bases minérales teintées en rose. Ce n'est pas la liesse bon enfant que l'on a coutume de voir chaque année, mais plutôt une manifestation mystique libératoire d'un peuple traumatisé. La couleur est jetée la main tremblante, avec parcimonie et dans le plus grand sérieux. Par superstition, beaucoup d'hindous se promettent aussitôt de ne plus se laver.

Ajay éteint son portable et fixe longuement la carrosserie grise de sa voiture.

Il est à deux doigts de couper le contact quand il aperçoit le portrait rose du dieu éléphant, collé à son pare-soleil. On dirait qu'il pointe la boîte de vitesses de sa trompe pour lui dire : vas-y, avance ! Est-ce parce que Ganesh est le dieu qui supprime les obstacles ou est-ce la couleur rose qui lui offre une infime dose d'optimisme ? Toujours est-il qu'Ajay enclenche la première vitesse en soupirant. Le taxi se met en mouvement et quitte le parking. Il s'arrête devant le plus mauvais marchand de hot dogs de rue de Manhattan. Les saucisses friment sous leurs colorants roses chimiques. Ajay en commande quatre. En attendant, il observe une file immense devant l'échoppe d'un fleuriste. Orchidées, magnolias, hortensias, pivoines, amaryllis, anémones, jacinthes, cosmos, renoncules, dahlias, chrysanthèmes, bougainvilliers... les clients n'achètent que des fleurs aux pétales roses.

Ajay, le ventre gargouillant, se décide à commencer sa journée de travail. Il embarque un client qui lui demande de le conduire à Wall Street. Les places boursières ont toutes rouvert en forte hausse. Un enthousiasme des financiers qui s'appuie sur une reprise de la consommation de tous les produits roses. Textile, lingerie, jouets, art de la table, mobilier, linge de maison, décoration... en quelques heures, tout ce qui est rose est vendu.

Une ruée vers l'or rose.

Ajay embarque maintenant le patron d'une boutique branchée de vêtements. Il a lui aussi le sourire. Il a ressorti les stocks d'été de « la nouvelle couleur » que des clientes en furie se sont arrachés avant même que les vendeurs n'aient eu le temps de les mettre en rayons. Tout en conduisant, Ajay se demande s'il ne va pas repeindre son taxi en rose. Mais des collègues y ont déjà pensé et il n'y a plus une goutte de pigments roses chez les carrossiers de New York. Ni même dans tout l'État.

Au soir, il compte l'argent des pourboires et n'en revient pas de la générosité de ses clients. Il se dit qu'il va donc pouvoir s'offrir un petit plaisir. Rose naturellement. De retour chez lui, il allume son ordinateur et se rend sur eBay. Le graphisme de la page d'accueil a été précipitamment changé en rose. Il tape « pink » en mot-clé. La première enchère, c'est une simple poupée Barbie en tutu. Son prix dépasse les 1 000 dollars ! Et les enchères continuent de s'enflammer. Il rabat aussitôt l'écran de son ordinateur et allume sa console de jeux. Il monte le son à fond et ferme les yeux.

Arthur se réveille à la résidence dans une chambre inoccupée depuis peu. Son organisme sevré d'alcool est traversé par des convulsions. Son oreiller est une serpillière. Il a chaud. Il a froid. Coup d'œil sur sa montre, il est près de onze heures. La lumière blanche zèbre les murs gris moyen à travers les persiennes. Un vase vieux rose abrite justement de vieilles roses séchées. À l'extérieur le concert de klaxons des automobilistes, devenus subitement « rosophiles » ou « rosolâtres », continue de plus belle, lui rappelant sa journée de la veille.

Une douzaine d'heures plus tôt, pendant le concert de la résidence, les retraités ont consommé avec plus ou moins de modération tout le stock de champagne rosé de Lucien. « Une grenadine plutôt », avait demandé Arthur à voix haute entre deux chansons, pour être sûr que Charlotte l'entende.

Chaque minute de gagnée, passée à reluquer les verres sur les tables, lui donnait la force de résister. Guerre de tranchées de ses synapses entre les neurones agissant sur la volonté et ceux réclamant une sécrétion de dopamine. Une lutte terrible, mais inégale. À un moment, le système dit « de récompense » de son cortex a pris le dessus. En traître. Arthur s'est vu, presque malgré lui, saisir un verre vide qui traînait, l'approcher de ses lèvres, pencher la tête en arrière pour avaler la goutte de champagne abandonnée au fond du verre. Une marionnette dont Bacchus tenait les fils. Cette gorgée lui avait brûlé agréablement l'œsophage.

— J'ai arrêté de boire, avait-il annoncé en le pensant sincèrement à Charlotte qui venait à ce moment-là à sa rencontre.

Charlotte avait profondément inspiré par les narines.

— Vous faites ce que vous voulez, avait-elle rétorqué.

Arthur aurait aimé se justifier, mais comment lui expliquer que ce fond de champagne ne comptait pas, que c'était juste l'exception qui confirmait la règle. L'ancienne règle aurait été d'avoir déjà « basculé » au moins dix coupes.

— J'ai demandé à ma fille de dessiner avec des crayons de toutes les marques et de toutes les couleurs, avait poursuivi Charlotte.

— Et alors ?

— Les crayons lui apparaissent décolorés et ses dessins restent gris. Si j'ai bien compris, le

162

crayon rose que vous lui avez donné était particulièrement saturé en couleurs.

Arthur tremblant de plus en plus ne quittait pas des yeux le verre de champagne dans la main de Charlotte.

— Vingt fois la dose de pigments ! avait-il fini par répondre.

— Et vous avez fabriqué d'autres crayons avec d'autres couleurs tout aussi riches en colorants ?

— Oui, mais ils ont tous été recyclés !

— Cherchez s'il n'en reste pas quelque part, on ne sait jamais. C'est important.

— J'aimerais bien vous rendre service, mais...

— Ce n'est pas à moi que vous rendriez service, mais à tous ceux qui ont eu la chance de voir les couleurs ! s'était agacée Charlotte en tournant les talons.

Arthur s'était aussitôt approché du bar. Il faut d'abord que j'arrête de boire, s'était-il dit en saisissant... une fragile bribe de volonté qui l'aida à faire demi-tour. Il courut se réfugier dans sa chambre et s'endormit en grelottant d'abstinence et de dépit.

Arthur traverse la résidence et remarque çà et là des murs roses. Il y a des roses francs, comme les roses bonbon ou les roses pompadour, des roses « cuisse de bergère » plus complexes, mais aussi des roses frais, comme les roses églantine ou porcelet. Dans toutes les pièces, ces touches de couleur sont encadrées de gris plus ou moins foncés. La décoratrice avait dû s'en donner à cœur joie dans la polychromie.

Il s'approche discrètement du grand séjour. Son corps tremble de plus en plus. Ses jambes prisonnières de son cerveau refusent de le soutenir. Il entend les résidents qui débattent de la personne idéale pour remplacer feu la décoratrice « haute en couleurs ». Une majorité de pensionnaires souhaite accueillir un fleuriste. Arthur apprend aussi que Louise et Charlotte ont été invitées à rester dans la résidence le temps que leur appartement soit remis en état. Arthur aperçoit son reflet dans un miroir du couloir : un clochard parkinsonien ! *Je ne veux pas qu'on* me voie comme ça. Il s'enfuit en direction de la station de RER. L'air frais lui fait du bien. Les quelques touches de rose de-ci de-là lui donnent même l'énergie de télécharger une chronique de Charlotte.

*Lorsque vous regardez un aplat de couleur rose, s'activent exactement les mêmes zones de votre cerveau que lorsque vous contemplez des images de bonheur. L'expression populaire « voir la vie en rose » est donc confortée par les études scientifiques.*

*Des chercheurs ont testé l'effet de cette couleur dans des salles de classe de maternelle sur l'activité de très jeunes enfants. Dans un environnement rose, leurs dessins sont de façon significative beaucoup plus positifs, signe que l'influence de la couleur serait pour une bonne part innée.*

*Des scientifiques ont même repeint en rose vif des cellules de prison pour hommes. Les détenus sont aussitôt devenus beaucoup moins agressifs.*

*L'ancien entraîneur de l'équipe des* Rainbow Warriors *de l'université d'Hawaï ayant entendu parler de cette étude a décidé de peindre du même rose les vestiaires des visiteurs. En amollissant les joueurs des équipes adverses, il voulait offrir gloire et victoire à la sienne ! Les équipes visiteurs, peu disposées à favoriser son plan de carrière et plutôt dubitatives face à ce parti pris décoratif, ont porté plainte auprès de la Western Athletic Conference, l'organisme qui gère les compétitions sportives universitaires. Cette dernière, après*

*quelques ricanements grivois, a ajouté une clause*
*à son règlement : « Les vestiaires visiteurs doivent*
*être exactement de la même couleur que ceux de*
*l'équipe qui reçoit. » L'histoire ne dit pas si désor-*
*mais, à Hawaï, les deux vestiaires sont roses, ni*
*si cet entraîneur a fait une grande carrière...*
*À demain, chers auditeurs.*

Dans la rame de RER, Arthur a un choc. Une bonne moitié des voyageurs est vêtue de rose. Les gens se parlent, se sourient, rient... comme s'ils se connaissaient. Un costume-cravate se découvre un élan de compassion pour les marginaux et adresse à Arthur un compliment sur sa veste. Lorsque Arthur descend à Denfert-Rochereau, plusieurs inconnus lui disent même au revoir. Il leur fait des signes depuis le quai en regardant le train repartir. Du jamais-vu. Dans la rue, les passants portent eux aussi des vêtements roses et semblent tous de bonne humeur. Le rose, réapparu, s'est par la même occasion défait de sa connotation féminine. Arthur s'apprête à rentrer chez lui mais en passant devant le bar, il se sent aimanté. La voix de Charlotte résonne dans ses oreilles. Il ferme les yeux et voit son beau visage, avec ses joues d'un rose délicat sous ses lunettes de soleil. Elle a un petit air de défiance, comme si elle le pensait incapable de résister. Il ne faut pas que je rentre chez moi, se dit-il. Pas maintenant. Je ne tiendrais pas, avec le QG en-dessous. Vite, s'éloigner le plus loin possible.

Mais où aller ? se demande-t-il, tout en faisant défiler les contacts sur son téléphone. Déjà, trouver un copain qui ne boit pas. Ça limite le choix. Il s'arrête sur le nom de Solange, qui lui apparaît comme une évidence. Il réalise du même coup que sa compagnie lui manque.

*Alerte sur lemonde.fr*
*80 % des Français pensent désormais que leurs enfants vivront mieux qu'eux.*

Solange accueille Arthur à bras ouverts, comme le ferait une grand-mère pour son petit-fils qui a fugué. Sans lui poser de questions. Dans son modeste mais coquet pavillon de Montrouge, elle lui propose la chambre de son fils, qui doit avoir à peu près le même âge que lui. Une semaine plus tard, Arthur n'ose toujours pas lui demander où se trouve ce fils. Quelque chose lui donne à penser qu'elle en souffre. Il réalise alors pour la première fois que lui aussi est malheureux de ne pas avoir de nouvelles de ses parents.

Sans avoir besoin de parler, Arthur et Solange s'adoptent le plus naturellement du monde. Un accord tacite. En se laissant « élever » par Solange, il peut remonter la pente et se reconstruire. Solange est son ascenseur. Par délicatesse, elle a vidé ses placards et jeté toutes ses bouteilles d'alcool. Même le vinaigre blanc dont elle se sert pour récurer sa cuisine. On ne sait jamais...

Cette femme qui a passé plus de la moitié de sa vie avec ses collègues de l'usine vient de se prendre la solitude de la retraite forcée en pleine face. Arthur est donc celui qui appuie sur le bouton de l'ascenseur pour que tous les deux puissent quitter le sous-sol.

Arthur a installé dans le salon le rameur de son fils, un appareil de remise en forme flambant neuf qui n'a jamais dû servir. Il s'arrête en voyant la mine triste de son amie qui contraste avec la robe rose qu'elle ne quitte jamais.

— Je voulais repeindre le salon en rose, dit-elle un peu dépitée en se précipitant vers un placard. Il n'y a plus que du gris dans le magasin de bricolage. Par contre, j'ai ça ! ajoute-t-elle en exhibant deux petits chatons roses en verre soufflé.

— Magnifique ! s'exclame Arthur avec une sincérité qui le surprend lui-même.

Comment se fait-il que je puisse trouver ça beau ? s'étonne-t-il.

Elle place les deux bestioles sur sa cheminée, tels des minicerbères veillant sur la maison.

Désireux de faire plaisir à Solange, Arthur ratisse le quartier en quête d'une goutte de peinture ou d'un centimètre carré de papier peint rose. En vain. Il patiente près d'une demi-heure devant une confiserie afin d'acheter des dragées et des macarons rose clair pour ne pas rentrer bredouille. Les friandises sont rationnées. Pas plus de cinq par personne.

Sur la palissade d'un immeuble en construction, sur une affiche sauvage : un homme politique au visage anguleux arbore un costume et une cravate rose. « Avec moi, l'avenir sera de cette couleur. » Arthur shoote avec son téléphone et poste aussitôt la photo sur son mur Facebook. Il en profite pour regarder les réactions de ses amis à son post de la veille : quatre-vingts likes pour la photo d'une femme tenant en laisse un petit cochon dans le métro. Pourtant, le seul like qu'il attend est celui de la femme qui ne verra jamais ses photos. Il a demandé Charlotte comme amie sur Facebook, elle n'a pas accepté. Son compte est néanmoins très actif. Il a composé de nombreuses fois son numéro, mais n'a jamais osé appuyer sur le bouton anciennement vert. De toute façon, il se sait encore trop malade pour avoir une chance. Il est d'autant plus triste qu'il remarque à quel point les hommes, subitement devenus galants, dévalisent les fleuristes. Ils ont aussi retrouvé la main de leurs femmes quand ils marchent dans la rue. Paris a pris une teinte à l'eau de rose. Cet amour innocent qui dégouline à chaque coin de rue donne de la force à Arthur. La force d'essayer de retrouver des forces.

En attendant, il profite de la douceur de la voix de Charlotte en écoutant la radio. En traversant un carrefour, ses écouteurs vissés dans les oreilles, il entend le jingle « Chronique colorée par Charlotte Da Fonseca ». Arthur s'immobilise au milieu de la rue embouteillée. On dirait un chien d'arrêt devant une caille.

*La symbolique féminine du rose a peut-être pour origine la passion de Marie-Antoinette pour les couleurs. Elle en a créé plusieurs, comme « cheveux de la reine », inspirée de la blondeur de ses cheveux, mais aussi la couleur « puce » qui est le violet brun de l'une de ses robes. Mais sa couleur préférée était le rose. Elle en usait et en abusait à Versailles, que ce soit sur des plumes, des rubans, des robes somptueuses, et même en teignant la laine des moutons vivants avec lesquels elle aimait jouer à la fermière dans son Petit Trianon. Et comme l'« Autrichienne » était aussi connue pour ses frasques amoureuses, les hommes de la cour de Louis XVI n'osaient plus porter de rose, de peur de passer pour « un peu trop proches » de la reine. Les femmes de Paris, pour qui Marie-Antoinette symbolisait le bon goût absolu, adoptèrent en masse le rose. Les hommes l'abandonnèrent étant donné que plus aucun noble de la cour n'en portait. Aujourd'hui, au Japon, les mangas se sont fortement inspirés des tenues vestimentaires de Marie-Antoinette. Les jeunes Japonaises qui s'identifient aux héroïnes de mangas sont de ce fait fréquemment habillées en rose. C'est d'ailleurs le seul pays oriental où le rose est une couleur girly. En Afrique noire, les hommes portent souvent des chemises rose vif car aucune connotation féminine n'est liée à* cette couleur. Ils apprécient le contraste du rose avec celle de leurs peaux. Les keffiehs roses font partie des habits traditionnels arabes. En Inde, les hommes adorent cette couleur, qui symbolise la pensée positive et rejoint le « voir la vie en rose » français.

À demain, chers auditeurs.

# Chapitre 7

## Où est venu le moment d'ouvrir une bonne bouteille de rouge

Cela fait presque six semaines que le rose est réapparu. Arthur découvre que les bourgeons n'attendent pas le printemps pour refaire surface. Des reflets roses apparaissent sur les branches.

Arthur résiste depuis exactement quarante-deux jours. Pas une goutte d'alcool. Et plus son corps l'implore, le supplie, le conjure, plus il lutte, mais il se sait encore faible.

Solange lui a fait du bien, au-delà de ce qu'il aurait pu imaginer. Jamais de reproche ni même de conseil, elle l'accepte tel qu'il est. Pour lui faire plaisir, elle a même réglé la fréquence de son poste radio sur France Inter.

Plusieurs fois, il a hésité à lui confier le merveilleux pouvoir du crayon Gaston Cluzel, mais il sent bien qu'elle veut tourner la page de son ancienne vie. Elle a tiré un trait.

Arthur se sent l'âme du guerrier convalescent impatient de repartir au combat. Cela commence par chercher du travail. Il est prêt. Il a besoin d'un costume et se décide avec une certaine appréhension à rentrer chez lui. Même si d'après les dernières statistiques, neuf personnes sur dix portent du rose, sa veste à paillette ne fait pas très sérieux pour un entretien d'embauche.

Dans son quartier, Arthur remarque le design des horodateurs revisité par un coloriste qui a choisi une teinte « dragée ». Les automobilistes rechignent moins à s'acquitter de leurs frais de stationnement...

Des ouvriers sont en train de réhabiliter l'appartement encore inhabité de Charlotte dans une cacophonie de bruits de marteaux et de perceuses. Arthur devine des traces noires sur les deux fenêtres, comme un rimmel qui aurait coulé. Il s'apprête à rentrer chez lui quand Gilbert, une écharpe rose autour du cou, sort du QG pour venir à sa rencontre.

— Dis donc, t'étais passé où ? Gros m'a donné ton numéro et je t'ai appelé des dizaines de fois !

Arthur ne répond pas.

— Bien joué le concert dans le métro ! poursuit Gilbert en montrant la couleur de son écharpe ! Je sais que c'est toi ! ça s'a... rose, dit-il en éclatant de rire.

— T'es gentil, mais je ne bois plus.

— C'est comme le beaujolais, c'est NOUVEAU ça !

C'est la première fois qu'il entend Gilbert faire de l'humour. Il devrait s'abstenir.

— Non merci.

Gilbert se retourne vers l'entrée du bar et hausse la voix :

— Gros, Arthur est là, sers-nous deux beaujolais nouveaux !

— Non, un Perrier à la rigueur, contredit Arthur, hésitant à entrer. Mais ses jambes décident à sa place et l'entraînent.

— Gros a gardé une dernière bouteille en réserve rien que pour toi.

— Elle est là, brandit Gros sortant trois verres d'une main et la bouteille de beaujolais de l'autre.

— Non, je vous assure, les gars, un Perrier...

Gros sert les trois verres de beaujolais et ajoute à regret un Perrier. Arthur puise dans toutes ses forces pour ne pas toucher le verre de vin et réussit à trinquer avec l'eau pétillante. Sa main tremble mais il se sent fort. Son téléphone sonne. C'est Momo.

— T'es en danger, mec !

— Qu'est-ce que...

— Ta gueule ! Prends ton air le plus cool pour ne pas éveiller l'attention de Gilbert. Je suis juste en face, dans la rue. Je vous vois.

Arthur tourne la tête et aperçoit le livreur sur sa Vespa, le moteur en marche.

— Casse-toi discrètement, Arthur. Vite !

Gilbert, qui a entendu une bribe de la conversation, plaque fermement sa main sur l'épaule d'Arthur dans un faux geste amical pour le retenir. Être aussi prévenant, ce n'est vraiment pas son genre.

— Il faut que j'aille aux toilettes, annonce Arthur en se levant le plus calmement possible.

— Moi aussi, je viens avec toi.

Arthur renverse une table pour bloquer Gilbert et sort du café en courant. Gilbert lâche son sourire, mais ne le lâche pas. Il le talonne de très près. Qu'il est loin par contre, le temps où, au rugby, il courait le cent mètres en douze secondes. Gilbert, étonnamment rapide, n'est plus qu'à quelques mètres de lui.

— Monte !

Il se jette à plat ventre sur le top-case du coursier et l'attrape par le cou. Le scooter est un peu déséquilibré, mais il démarre dans un bruit de pétrolette. Arthur, accroché au col du coursier bedonnant, à l'horizontale sur le Piaggio, les pieds tendus dans le vide et le menton planté sur son épaule ferme les yeux. Momo accélère et ils arrivent à semer leur poursuivant.

— T'es en danger, mec ! hurle Momo.

— Tu me l'as déjà dit.

— C'est cet enculé de Gilbert !

— J'avais compris, merci.

— Tu as déjà entendu parler des triades ? Gilbert bosse pour la mafia chinoise.

— Mais il n'est pas chinois !

— Sa femme, si ! Et il leur a tout raconté. L'histoire de tes crayons archicolorés et de la gamine. Ils voulaient récupérer le dessin, mais il paraît que tu l'as bouffé, alors ils sont allés

176

chez tes voisines. À l'intérieur, ils ont trouvé le crayon et plein de dessins.

— Mais pourquoi y mettre le feu ?

— L'ordre, c'était de récupérer tous les crobars de la fillette. Mais elle a dessiné partout, même sur les murs de sa chambre. Pour faire disparaître la couleur, ils n'avaient pas d'autre choix que de brûler l'appartement.

— Et pourquoi voulaient-ils empêcher la réapparition du rose ?

— Je ne sais pas. Ils y ont certainement un intérêt.

— Mais c'est loupé ! Il est partout maintenant.

— Ce n'est que le début, mec. Si la gamine est capable de faire resurgir d'autres couleurs avec tes crayons, elle est en danger. Et toi aussi.

— Mais qu'est-ce qui nous dit qu'elle en est capable ? Et puis les crayons ont tous été recyclés.

Momo arrête devant un arrêt de bus désert son engin et ouvre son top-case métal argenté.

— Pas celui-là, triomphe Momo l'œil malicieux, en sortant un crayon Gaston Cluzel soigneusement enveloppé dans du papier bulle. Il était rouge quand ton ancien patron me l'a donné.

Arthur regarde attentivement le crayon gris foncé. C'est un Gaston Cluzel récent car le logo est légèrement plus fin, Cluzel ayant aussi voulu faire d'infimes économies sur la quantité d'encre dorée.

— Où est la petite ? demanda Momo.

Arthur se méfie.

— Comment tu sais tout ça ?

Momo hésite.

— Il m'arrive parfois de faire des livraisons pour Gilbert. Mais je t'en prie, donne-lui le crayon. Elle peut peut-être faire réapparaître le rouge.

— Et en quoi ça te concerne ?

— Tu me crois si je te dis que les couleurs me manquent ? Et si je peux faire au moins une fois quelque chose de bien dans ma vie…

— Maintenant t'es grillé, Gilbert t'a vu.

— Je l'emmerde. De toute façon, ça fait dix ans que je me dis que je veux rentrer au pays. Au moins, ça va m'obliger à le faire. Et puis, tu verrais les *el wardas* que prépare ma sœur…

— Les *el* quoi ?

— Des gâteaux roses aux amandes. Ils sont à pleurer de bonheur. Maintenant, dépêche-toi avant qu'ils te retrouvent.

— Je vais voir, dit Arthur toujours méfiant en glissant le crayon dans la poche intérieure de sa veste.

Il monte dans un bus qui vient de s'arrêter et s'assure que Momo part dans l'autre direction.

Arthur remarque un papillon qui volette. On dirait un papillon de nuit. Il se pose sur le dossier du siège en face de lui, tout en continuant à secouer ses grandes ailes, comme s'il voulait les débarrasser de leurs voiles grisâtres.

*Alerte sur lemonde.fr*
*80 % des Français sont favorables à ce que l'on repeigne la tour Eiffel en rose.*

Les interventions de Charlotte sur France Inter attirent chaque jour plus d'auditeurs. Certains matins, elle est submergée par l'angoisse de la page blanche. Par chance, elle reçoit de plus en plus de lettres de passionnés de la couleur. Sylvie fait le tri et lui lit les plus intéressantes. Un auditeur lui a fourni une information particulièrement savoureuse, ce sera la chronique du jour.

*Curieux rapport entre la couleur rose et les femmes qui ont marqué John Fitzgerald Kennedy. John est né non pas dans un chou, mais au cœur d'une Rose, prénom de sa mère qui l'éduqua pour en faire un meneur d'hommes.*

*En 1962, le rose devint pour lui l'anagramme d'Éros, lorsque Marilyn Monroe chanta* Happy Birthday, Mr President *dans une extraordinaire robe fourreau.*

*Le rose du chapeau et du tailleur Chanel assortis de son épouse Jackie fut la dernière couleur*

*qu'il vit un an plus tard à Dallas, à l'arrière de*
*sa voiture décapotable. Un rose qui se teinta*
*de rouge, sous l'impact des balles.*

*Une rose baptisée John F. Kennedy a été créée.*
*Elle fleurit régulièrement sa tombe...*

*À demain, chers auditeurs.*


Le téléphone de Charlotte vibre.

— Où est votre fille ?

Charlotte reconnaît aussitôt la voix d'Arthur.

— À l'école, pourquoi ? répond-elle d'une voix
mi-méfiante, mi-consternée.

— Il faut vite aller la chercher ! Vous m'avez
demandé de trouver d'autres crayons ultra-
colorés, j'en ai un. On se retrouve à la résidence.

Aujourd'hui est le jour idéal pour aérer l'un des vins préférés de Lucien. La bouteille attendait dans sa réserve personnelle, sagement installée sous son lit.

« Schlooouk… », s'exclame le bouchon du domaine du Pas de l'Escalette, AOC, Terrasses du Larzac 2015. Un millésime exceptionnel. Lucien trinque avec Pierrette, Simone et Charlotte. Arthur se contente d'un verre de limonade rose pendant que Pierrette décrit avec gourmandise la robe du vin, intense avec des nuances de rubis et de cerise.

Lucien et Charlotte reviennent du Parc des Princes où ils ont assisté aux premières minutes d'un match de championnat opposant le Paris-Saint-Germain à Marseille. Ils sont arrivés porte de Saint-Cloud une bonne heure avant le début de la rencontre. Avec son pass FIFA à vie, Lucien a pu trouver deux places en tribune présidentielle. Mais surtout, il a pu accéder sans encombre au cœur du cœur du stade : les vestiaires. Il est allé saluer l'arbitre d'origine anglaise, en train de s'habiller. Tout fier de voir que son jeune collègue le reconnaît, il s'assoit à côté de cet homme un peu gringalet en caleçon. Léger bronzage agricole, sa peau grise est plus foncée sur les bras et les jambes. Quelques taches roses sur le torse. Probablement un peu d'eczéma. Il ne semble pas stressé par le match qu'il va arbitrer et quand Lucien se permet quelques conseils, il lui répond avec un léger accent anglais : « Que Dieu te bénisse de sa main céleste pour ta sagesse. »

— Je compte sur toi pour faire honneur à ce maillot, conclut Lucien en tendant le polo noir d'arbitre, reconnaissable à ses deux poches sur la poitrine.

Charlotte adore accompagner son père dans les stades de foot. Elle exulte comme aucun spectateur. Elle a l'impression d'assister à un concert d'orchestre philharmonique avec cinquante mille musiciens et vingt-deux chefs d'orchestre. Concentrés sur les gestes des maestros sur la pelouse, les musiciens jouent leurs partitions de beuglements, mugissements, silences, applaudissements, ovations, acclamations. Selon leurs natures, leurs emplacements dans le stade et leurs intensités, Charlotte sait immédiatement si une équipe a marqué, raté une occasion ou fait une faute.

Aux clameurs qui s'élèvent, Charlotte comprend que les joueurs viennent d'entrer sur le terrain, précédés par les trois arbitres.

L'arbitre de champ n'a jamais vu autant de caméras de télévision. C'est une rencontre qui fait toujours recette. Il sent maintenant la pression monter et se souvient des mots de Lucien :

— C'est une maîtresse d'école primaire qui m'a ouvert les yeux sur la meilleure façon d'arbitrer. À chaque rentrée scolaire, elle pratique la même méthode. D'entrée, elle colle au mur la plus forte tête pour imposer le respect. Et après, elle peut laisser filer et n'a plus besoin de lever la voix.

Les joueurs sont tendus, conscients de l'enjeu. Les équipes se regardent en chiens de faïence. Des pitbulls. Si ce n'est leurs coupes de cheveux qui évoquent plutôt les caniches royaux de concours. D'ailleurs, pour plus de ressemblance, l'un d'eux s'est même teint les cheveux en rose.

Les Marseillais jouent en rose et les Parisiens, sur la suggestion de Jean Paul Gaultier, jouent en marinière. L'arbitre siffle le début de la rencontre. Les Marseillais engagent avec une combinaison répétée des dizaines de fois à l'entraînement pour cueillir le PSG à froid. Deux arrières marseillais foncent aux avant-postes à la limite du hors-jeu pour créer le surnombre. L'avant-centre fait une passe au premier défenseur qui, d'une touche de balle, trouve le deuxième. Après un rapide une-deux avec l'avant-centre, le deuxième défenseur

184

se retrouve près de la surface de réparation en position de tir. Les Parisiens manquent de se faire déborder et l'un d'eux fauche le défenseur marseillais de nationalité italienne. Un roulé-boulé de sept ou huit vrilles, digne d'une troupe de la commedia dell'arte.

La faute n'est pas évidente, mais il faut être ferme. L'arbitre siffle un coup franc et sort une bombe de mousse blanche pour tirer un trait sur le sol. Il délimite ainsi l'emplacement du mur. Six joueurs parisiens se placent derrière la ligne mousseuse et protègent leur future descendance, les bras tendus devant le pubis. Un Marseillais se présente devant le ballon. Imperceptiblement, les défenseurs parisiens avancent à petits pas pour réduire la distance du mur et piétinent allègrement la mousse blanche au sol. L'arbitre les rappelle à l'ordre en leur demandant de se reculer. Les joueurs obéissent. Plus ou moins. L'un d'eux n'a quasiment pas bougé et piétine. Il défie l'arbitre du regard. L'arbitre soutient ses yeux gris perçant. D'un geste agacé, il lui intime de reculer. Le Parisien obtempère d'un symbolique centimètre, sans baisser les yeux. Son talon est encore sur la mousse à raser. L'arbitre réfléchit à toute vitesse et essaie d'évaluer la situation sans laisser monter sa colère. Est-ce que ça vaut un carton jaune ? Non. Mais la seconde d'après il constate que le joueur avance à nouveau. De rage, l'arbitre plonge la main dans la poche où il range son carton jaune et le tend vers le joueur. Les caméras font un gros plan et les joueurs parisiens, concentrés sur le match, ne remarquent même pas que le rouge vient de réapparaître. Là, sur ce petit bout de carton grossièrement coloré à la main. Une seule chose leur importe : la décision injuste et flagrante prise par l'arbitre. Ils se ruent sur lui. Un carton rouge pour ça ?

Le juge, fébrile, cherche le carton anciennement jaune dans sa deuxième poche. Comment a-t-il pu les intervertir ? Une erreur de débutant ! Contre toute attente, il en sort son véritable carton rouge fluo et réalise que la couleur rouge est à nouveau visible. Un joueur parisien s'imagine que ce nouveau carton rouge lui est destiné. Il paie certainement pour ses propos très imagés sur la filiation de l'arbitre avec une fille de joie. En rage, il bombe son torse rayé et s'avance à quelques centimètres à peine de l'arbitre. Ils sont de la même taille, mais le joueur est au moins deux fois plus large. L'arbitre ne voit que ses yeux, à quelques centimètres des siens et ils sont injectés d'un sang bien rouge. Le public hurle. L'arbitre voit du rouge partout autour de lui. Un enfer flambant rouge. En reculant il bouscule un joueur marseillais, venu narguer ses adversaires en leur montrant que son majeur est bien manucuré. Pour les Parisiens, il n'y a plus aucun doute : l'arbitre est acheté, le match truqué, comme à la grande époque. À neuf joueurs contre onze, ils n'ont plus aucune chance. Personne ne sait d'où est parti le premier mauvais geste, mais toujours est-il que quelques secondes plus tard, vingt-deux paires de poings, pieds et mandibules s'en donnent à cœur joie. Aux hurlements du public, Charlotte perçoit parfaitement la bagarre générale sur le terrain.

— Salauds ! hurle-t-elle en oubliant ses bonnes manières.

Le réalisateur, à contrecœur, choisit une caméra en train de filmer les drapeaux de l'OM et du PSG. Le M marseillais est toujours gris, mais le drapeau du PSG est maintenant à moitié rouge. Lucien, donnant la main à Charlotte, regarde sur la pelouse gicler l'hémoglobine au carmin velouté. Elle contraste magnifiquement avec les joueurs gris et l'herbe gris clair. Du milieu de la mêlée perce un coup de sifflet strident. L'arbitre signifie par là qu'il serait de bon ton que la mâchoire plantée dans son mollet veuille bien le lâcher, mais aussi que la rencontre est suspendue et reportée. Tous les spectateurs se lèvent, scandalisés. Certains essaient d'arracher les sièges. Ceux qui portent le maillot du PSG, en partie rouge, sont les plus virulents.

Lucien et Charlotte quittent rapidement le stade en ébullition, laissant sur un siège le carton d'arbitre gris très clair, logotypé FIFA. Lucien jubile à l'idée de trinquer avec sa fille et ses amis de la résidence, avec un verre de l'un des meilleurs vins du Languedoc.

Le taxi d'Ajay est stationné à l'angle d'Union Square et de la 14ᵉ Rue. Il adore l'ambiance de ce quartier avec ces excellents joueurs d'échecs qui s'affrontent dans la rue, assis sur des cageots en plastique. Certains ont dégoté des échiquiers aux cases roses et blanches. Il les observe par la fenêtre de son vieux véhicule en attendant des clients.

Deux jeunes filles montent dans son taxi en lui donnant une adresse à Harlem. Ajay ne peut s'empêcher de regarder dans son rétroviseur ses nouvelles passagères. Deux copies conformes, avachies sur la banquette arrière. Look d'héroïnes de manga avec leurs petites robes vichy roses très courtes, nœuds du même rose dans les cheveux et chaussettes blanches jusqu'aux genoux. Les USA sont devenus le nouveau pays de Candy, se dit-il. Les deux copines ne s'adressent pas la parole. Elles pianotent sur leur téléphone.

En fait, c'est quand elles ne sont pas ensemble qu'elles doivent communiquer. À moins qu'elles en soient arrivées à ne plus se parler que par SMS, sourit Ajay.

Soudain, l'une d'elles pousse un cri strident. Dans un réflexe, il se met debout sur le frein. Le conducteur qui le suit freine trop tard. Bruit de tôle froissée. Pare-chocs encastré dans pare-chocs. La deuxième ado attardée hurle à son tour. Mais rien à voir avec l'accident. Peut-être ne s'en est-elle même pas rendu compte. C'est la vidéo que lui montre sa copine sur son téléphone qui provoque ces piaillements.

Les deux automobilistes sortent de leurs voitures, très courtois. L'un s'excuse d'avoir freiné. L'autre de ne pas l'avoir fait. Mais tous les deux sont rassurés en voyant que les jeunes filles ne sont pas blessées. Ajay frappe à la vitre arrière pour les prier de descendre. Elles se contentent de leur montrer la vidéo sur l'écran de leurs téléphones à travers la vitre. Un arbitre de foot tient dans la main un carton rectangulaire de couleur rouge.

Le deuxième automobiliste perd aussitôt connaissance. Ajay a juste le temps de l'attraper sous les bras avant qu'il ne s'écroule.

Les résidents ont terminé leur déjeuner. Pierrette débarrasse la table, heureuse de voir que ses tomates farcies confites en croûte de riz ont fait l'unanimité, en particulier auprès de leurs invités du jour : Louise, Charlotte et Arthur.

Lucien, qui porte une vieille chemise rose élimée aux manches, s'approche de sa petite-fille qui est en train de dessiner, allongée par terre sur le ventre, sous le regard bienveillant de Simone.

Louise colorie un cercle avec son crayon rouge d'alizarine tout en croisant et décroisant ses petites jambes qui ressemblent à des antennes de crevette.

— J'aimerais bien dessiner un soleil jaune, soupire-t-elle.

— Est-ce que tu as entendu parler d'un pays très lointain qui s'appelle le Japon ? lui demande Simone en souriant. Elle se souvient d'une tournée avec Patricia Kaas, une véritable star en

Extrême-Orient. Tu sais de quelle couleur les enfants colorient le soleil, là-bas ?

— En rouge ?

— Oui. Le soleil levant est rouge.

— J'adore porter du rouge, ajoute Charlotte, qui rejoint sa fille au son de sa voix et lui caresse les cheveux.

Arthur est surpris que Charlotte puisse avoir une préférence pour une couleur.

— Il me fait du bien. Quand je suis dans une pièce rouge, je peux percevoir une énergie, une chaleur positive.

— Ne dit-on pas que c'est la plus belle des couleurs pour la plupart des civilisations ? demande Lucien.

— Oui en russe par exemple, « rouge » et « beau » sont synonymes. On ne devrait pas parler de la place Rouge à Moscou, mais de la « belle place ». C'est une erreur de traduction.

— Et est-ce que tu connais la citation de Diderot ? ajoute Lucien. « On a dit que la plus belle couleur qu'il y eût au monde, était cette rougeur dont l'innocence, la jeunesse, la santé, la modestie et la pudeur coloraient les joues d'une fille. »

— C'est très beau ! Tu veux parler de ce rouge-là ? demande Charlotte en pinçant la joue de sa fille.

— Oui, mais moi, j'aimerais bien avoir du jaune, répète Louise d'une petite voix pleurni-charde, même si elle savoure secrètement d'être au centre de la conversation.

Charlotte la prend dans ses bras et Arthur admire Charlotte portant sa mini-Charlotte.

Louise croise son regard avec un air désespéré.

— Je vais te trouver un crayon Gaston Cluzel jaune ma puce, je te le promets. Tope là !

Louise quitte les bras de sa mère et tape maladroitement dans la main d'Arthur pour sceller leur pacte. Charlotte sourit. Il ne sait pas si ce sourire lui est adressé ou s'il est pour son enfant. Il décide de le prendre pour lui et lui sourit à son tour, puisqu'il paraît qu'elle le ressent. Elle porte des lunettes rouge cerise qui chamarrent son visage gris, légèrement rosé sur les joues.

Ajay n'a jamais vu New York ainsi. Les auto-mobilistes sont devenus nerveux, agressifs. Ils klaxonnent à tout bout de rue. Comme si chaque conducteur avait englouti un cocktail caféine-amphétamine avant de prendre le volant. Les feux sont redevenus rouges pour tous ceux qui ont vu la vidéo, c'est-à-dire pour tout le monde, en l'espace d'une heure à peine. Et désormais les New-Yorkais les grillent avec constance et application. Les camions de pompier à la car-rosserie rouge sont tous de sortie. Ajay ne croise pas moins de cinq accidents avant d'arriver, avec son taxi amoché, jusqu'à l'immense entrepôt de son carrossier, dans le Bronx. Ici, entre les dizaines de voitures cabossées, il n'y a que taches d'huile, poussière et graisse. Le seul élément de décoration du garage, c'est le calendrier Pirelli punaisé au-dessus d'une vieille machine. La page du mois de décembre présente une créature de rêve en sous-vêtements rouges et bonnet rouge à pompon et ourlet blancs. Elle donne envie de croire au père Noël. Sa pose lascive, soulignée par la couleur, réveille l'instinct reproducteur qui sommeille en chaque homme.

Le garagiste l'accueille dans une combinaison où le rouge a du mal à percer sous les taches de cambouis.

Il se penche à l'arrière du taxi et se met à siffler. La longueur de la note n'est ni une croche, ni une noire, ni une blanche mais plutôt une ronde.

Ajay interprète la durée du chant du rossignol-mécano et comprend que ça ne va pas être facile de trouver un pare-chocs de rechange pour son vieux Checker Marathon.

Peu importe, se dit-il en vérifiant que son billet d'avion est bien dans sa poche. New York est devenu trop dangereux. Je prends des vacances. Paris lui est naturellement apparu comme la destination évidente. C'est là que sont réapparus le rose et le rouge. C'est peut-être là qu'il aura une chance de retrouver le jaune. Et puis, c'est aussi le pays de cette inconnue qui s'était montrée particulièrement accueillante avec lui un soir de réveillon.

# Chapitre 8

## Où il se confirme que le rouge est une couleur chaude

Solange a gentiment préparé des toasts à la confiture de cerise pour Arthur. La couleur recouvre entièrement le pain gris et la tartine est très appétissante. Arthur se demande s'il peut lui confier son rôle, ainsi que celui des crayons Cluzel, dans la réapparition des couleurs, mais il a peur qu'elle s'inquiète pour lui. Et de toute façon elle n'est pas là et lui a laissé un mot. Elle a été invitée par sa sœur pour une semaine de cure thermale dans un centre de vinothérapie. Elle lui laisse la maison en le priant de veiller sur les chatons au-dessus de la cheminée.

Arthur embarque les tartines qu'il dévore à pleines dents dans la rue. À Saint-Germain-des-Prés, il se rend dans sa papeterie favorite. C'est sa préférée, parce que c'est la seule à lui avoir acheté des crayons de couleur en six mois de prospection. À la réflexion, elle est peut-être même la seule dans tout Paris à vendre des crayons Gaston Cluzel. Et peut-être a-t-elle été livrée le jour où les couleurs ont disparu. Dans les rues, les jupes ont encore raccourci et la plupart des femmes panachent le rouge et le rose, provoquant une vague de torticolis chez les hommes. Les voitures attirent aussi les regards. Ferrari, Lancia, Alfa Romeo, les italiennes rouges sont toutes de sortie. À un feu rouge, deux voitures flamboyantes font ronfler leur moteur. À la seconde où le feu passe au gris, les deux automobilistes ont le pied au plancher. Concours de testostérone.

Dans la papeterie déserte, des touches bigarrées de rouge et de rose réchauffent l'ambiance tristounette de ce magasin un peu suranné. Une femme d'une quarantaine d'années, qu'il n'a jamais vue auparavant, trône derrière le vieux comptoir écaillé. Elle paraît un peu souffrante et arbore un rouge à lèvres rose. Un rouge à lèvres rose alors qu'elle est entièrement vêtue de rouge... Quelle faute de goût, se dit-il en se rappelant qu'il porte ce jour-là une ceinture marron et des chaussures noires. Moi au moins, ça ne se voit pas, se rassure-t-il en jetant un coup d'œil furtif à ses chaussures d'un gris légèrement plus foncé que celui de sa ceinture.

— Monsieur Cafiero est là, s'il vous plaît ?

— Il... est... très occupé, répond péniblement la vendeuse.

— Je suis Arthur Astorg, de chez Gaston Cluzel, et je me proposais de vous racheter le stock de crayons que nous vous avons livrés et qui ont perdu leurs couleurs.

— Est-ce que vous pourriez repasser dans un petit moment ? finit par lâcher la vendeuse.

— Vous voulez que j'appelle un médecin ?

— Non, tout va bien.

— Bon j'essayerai de repasser demain, soupire Arthur en faisant demi-tour.

— Non attendez ! hurle une voix masculine qui surgit d'on ne sait où.

Ou plutôt de sous le comptoir. Une force invisible pousse la caissière en arrière sur sa chaise à roulettes. Arthur voit apparaître la nuque de monsieur Cafiero, agenouillé devant sa dévouée collaboratrice. Celle-ci se met à rougir si violemment que la peau de son visage atteint un degré de saturation comparable au coton de son chemisier. Le rouge à lèvres rose jure encore plus avec l'ensemble. Elle rajuste précipitamment sa jupe.

— J'ai une cinquantaine de boîtes en réserve, se justifie le papetier auprès de sa subalterne sur un ton « *business first* ». J'ai vendu tous les crayons rouges et roses à l'unité, continue-t-il en s'adressant cette fois-ci à Arthur, mais je veux bien que vous me remboursiez les boîtes et tous les autres crayons.

— Vous n'êtes pas sans savoir que Gaston Cluzel a fait faillite et c'est par pure conscience professionnelle et à titre personnel que je viens vous voir. Je vous les rachète un euro.

Le papetier se précipite dans la réserve et revient aussitôt avec un gros carton rempli de boîtes métalliques Gaston Cluzel.

— J'apprécie beaucoup votre démarche. D'accord pour un euro le crayon. Agnès, vous me comptez cela s'il vous plaît.

— On ne s'est pas compris. Je vous offre un euro symbolique pour vous débarrasser de tous les crayons.

L'employée lance discrètement un clin d'œil gourmand à son patron, en se mordant la lèvre.

— Ok pour un euro le tout ! Et maintenant vous sortez, soupire le papetier, en déposant son carton dans les bras d'Arthur, l'œil rivé sur la poitrine de son employée modèle.

Arthur ne s'attendait pas à un marchandage aussi simple.

— Vous avez la monnaie ? demande-t-il en sortant un billet de 20 euros.

— Bon allez, je vous les offre ! s'agace le papetier en l'accompagnant jusqu'à la porte. Arthur entend le rideau métallique retomber en grinçant derrière lui.

Dans le studio de France Inter, à quelques minutes du coup d'envoi de sa chronique, Charlotte écoute sa collègue égrener les informations, toutes plus dramatiques les unes que les autres.

Des déséquilibrés s'ouvrent les veines pour le plaisir d'admirer la couleur de leur sang. On ne compte plus les condamnations pour harcèlements sexuels. Les autorités recommandent aux femmes de faire attention et d'éviter de se promener seules la nuit. Les extrémistes de tout bord s'autorisent les pires dérapages. Des prédicateurs du monde entier associent le rouge à Satan et haranguent les foules en évoquant une punition divine : la terre est en train de devenir infernale. Mais le plus inquiétant, c'est la tension au Moyen-Orient. On entend parler de « logique de guerre » dans tous les camps.

La civilisation est en train de reculer, constate Charlotte avec horreur. Et c'est inévitable : le rouge active particulièrement nos cerveaux reptiliens, réveille nos pulsions sexuelles et nous rend craintifs ou violents. C'est le règne des deux réflexes primitifs de toutes espèces animales : se reproduire et survivre. Comment baisser le feu sous cette marmite en ébullition ?

En passant en revue tous les combats de lutte gréco-romaine depuis le début des Jeux olympiques modernes, on s'aperçoit que les lutteurs habillés en rouge l'ont emporté sur ceux habillés en bleu dans 67 % des cas, soit un peu plus de deux tiers. En taekwondo, les combattants avec des plastrons rouges sont crédités de 13 % de points de plus que s'ils avaient porté des plastrons bleus. Dans le football anglais, Liverpool, Manchester United et Arsenal, qui sont les trois seules équipes du championnat anglais à porter des maillots rouges, ont gagné trente-neuf des soixante et onze titres depuis la Seconde Guerre mondiale ! Les scientifiques sont formels. Porter du rouge fait paraître plus fort et donne de l'énergie. C'est certainement le moment de vous remettre au sport.

À demain, chers auditeurs.

Allongé sur le lit de sa chambre d'hôtel à Montmartre en plein après-midi, Ajay reprend des forces. Le voyage a été exécrable. Un passager a été pris de panique au décollage et s'est agrippé au genou de sa voisine qui l'a aussitôt giflé en l'accusant de harcèlement sexuel. Elle a exigé qu'on la change de place. Des enfants se sont mis à pleurer à tour de rôle. On aurait dit qu'ils se relayaient pour qu'il n'y ait jamais de silence dans l'avion. Ce qui énerva encore plus les passagers. Certains particulièrement irascibles s'en prirent aux hôtesses pas assez promptes à les servir à leur goût. Les hôtesses leur répondirent tout aussi vertement.

Lorsque l'avion se posa enfin et que la chef de cabine prit son micro en espérant que le voyage a été agréable, un concert de sifflets s'éleva aussitôt. Plutôt que de poursuivre par : « ... et nous espérons vous revoir très prochainement », elle lâcha un « *piss off* » qui déclencha une nouvelle bronca générale.

Comme à chacun de ses voyages dans un pays étranger, Ajay s'est branché sur une radio nationale « où on parle tout le temps ». Peu importe s'il ne comprend pas un traître mot, le tourisme, pour lui, c'est avant tout être le plus possible au contact des populations locales. L'intonation de leurs voix lui permet parfois de percevoir de nouvelles couleurs. Cette musique des langues étrangères lui en dit long sur les états d'esprit, les mentalités, les humeurs des peuples qu'il rencontre. Et depuis ce matin, il se dit que les Parisiens ont l'air au moins aussi névrosés que les New-Yorkais. Soudain il se redresse sur son lit en entendant une voix féminine posée, enjouée, souriante et qui ne semble pas gagnée par la peur. La première voix positive depuis qu'il a posé le pied sur le sol français. Peut-être même depuis l'apparition du rouge, se dit-il. Ajay ferme les yeux pour mieux en profiter. Une tache parme légèrement violette lui apparaît aussitôt. C'est la troisième fois qu'une voix humaine fait apparaître cette couleur sous ses paupières fermées. Serait-ce celle qui a résonné très fort dans son taxi un soir de nouvel an ? Celle de la cliente à qui il a posé un lapin ? Plutôt un hasard, se dit-il. Il y a forcément des milliers de voix qui ont la même couleur. Pour se changer les idées, il ouvre son guide et commence à programmer sa visite, mais il n'arrive pas à se concentrer.

La seule chose qu'il souhaite découvrir, c'est la propriétaire de cette voix.

*Alerte sur lemonde.fr*
*Tinder devient le premier site Internet en nombre d'abonnés devant Snapchat et Facebook.*

Assise devant la grande table de la résidence, Louise sanglote. Arthur lui a apporté tout le stock de crayons Gaston Cluzel de la papeterie. Il ouvre les boîtes les unes après les autres et, un par un, elle essaye chaque crayon. Irritée, elle répète inlassablement la même phrase :

— J'aime pas les crayons gris !

Lorsque Arthur ouvre la dernière boîte, l'enfant ne dit plus rien et pleure à chaudes larmes.

— Je suis désolé ma puce, s'excuse Arthur.

— Tu m'avais promis ! gémit Louise.

Dépité, Arthur sort dans le jardin et s'assied sur les marches du perron. Les seules couleurs que Louise peut voir sont celles des crayons ultra-saturés produits le dernier jour d'activité de l'usine, mais le drame est qu'ils ont tous été recyclés.

Charlotte console sa fille en glissant dans ses bras la peluche de Rondoudou, un Pokemon rose en forme de balle aux grands yeux gris, un cadeau de Sylvie. Puis elle s'approche d'Arthur en se guidant, à l'aide de ses soupirs désabusés.

— Vous n'y êtes pour rien, Arthur.

— Si ! Louise a raison. C'est vrai que je lui avais promis de retrouver les couleurs.

Il observe attentivement Charlotte. Une mèche de cheveux sombres balaye ses lunettes rouge cerise.

— Charlotte, est-ce qu'on peut se parler en tête à tête ?

— Allons marcher, répond-elle de sa voix douce en attrapant son bras.

Arthur la guide dans le jardin. Charlotte sent une légère brise soulever ses cheveux. Elle place et replace derrière son oreille, dans un mouvement délicat, la mèche qui lui chatouille le nez. L'air est chaud, un vent du sud. La lueur du soleil perce très légèrement le voile de ses paupières et active partiellement les bâtonnets de ses yeux révulsés. Les parfums des fleurs d'automne lui permettent de comprendre qu'ils se dirigent vers le banc anciennement vert bouteille, à côté du massif de fleurs du jardin. Sous ses pieds, les graviers crissent jusqu'à ce qu'elle les sente s'enfoncer dans la terre. Elle sait qu'elle se trouve juste devant le banc. Elle lâche le bras d'Arthur, fait un demi-tour et s'assied en douceur. Arthur est toujours étonné de voir à quel point elle s'oriente aisément dans l'espace. Il reste debout devant elle.

— Il faut que vous alliez tout raconter à la police pour qu'elle vous protège vous et votre fille. Moi, ils ne me croient pas et je ne sais plus quoi faire.

— Bien sûr ! ironise-t-elle. En tant qu'aveugle, je vais être très crédible pour les convaincre que ma fille fait réapparaître les couleurs.

Charlotte sent le parfum Giorgio Armani d'Arthur. Elle inspire profondément, ne perçoit aucune autre vapeur d'éthanol.

— C'est bien que tu ne boives plus.

Arthur remarque le tutoiement. Cette soudaine familiarité lui donne la force de poser une question qui lui brûle les lèvres.

— Ça veut dire quoi pour vous… pour toi… les couleurs ? demande-t-il doucement en prenant place à ses côtés. Charlotte hésite.

— Je crois que je les ressens… Comment t'expliquer ?

Elle cherche par où commencer.

— Tu as forcément étudié Jules Romain pendant tes études.

— Bien sûr, je me rappelle avoir adoré *Knock ou le triomphe de la médecine*.

— Eh bien, Jules Romain a publié en 1920 un ouvrage alors très controversé, *La Vision extra-rétinienne*, dans lequel il tentait de démontrer, à travers de nombreuses expériences, qu'avec de l'entraînement, l'homme est capable de percevoir les couleurs, en particulier avec ses mains. Cette sensibilité dite dermo-optique pourrait avoir plusieurs sources. Notamment la température propre à chaque couleur, mais aussi sa longueur d'onde. Notre corps, comme tout objet, émet des radiations infrarouges. L'interaction infrarouge de la peau et d'un objet varie selon la couleur.

C'est en fait une perception de texture. Dans les années 60, un professeur russe a défini la couleur orange comme rugueuse, la couleur jaune comme particulièrement lisse, la couleur rouge comme rugueuse et gluante à la fois.

— Et c'est ce que tu perçois ?

— Peut-être. Mais c'est pour moi avant tout un mélange de parfums et de goûts. L'orange, par exemple, a une odeur douce comme le fruit, mais son goût est acide. Le jaune est encore plus acide quand il est citron, mais il peut aussi être délicat comme un jaune d'œuf et avoir le parfum des jonquilles ou des genêts. Le blanc a la saveur du lait ou du poulet et il a l'odeur de la noix de coco ou de certaines orchidées. Le noir sent bon la réglisse et le café, mais parfois il sent le pneu brûlé ou le plat qui a accroché.

Arthur boit ses paroles. Il la regarde accompagner ses propos de mouvements de bras. Elle est intarissable.

— Le rouge a le goût du chou, des groseilles, des mûres et l'arôme du vin, poursuit-elle avec passion. Le rose a la senteur de la plus romantique des fleurs et du petit matin. Le bleu a le goût de l'eau de mer ou d'un fromage très odorant.

Charlotte marque une pause.

— Est-ce que tu sens l'odeur des perce-neige dans le jardin ?

— Non.

— Et celle de la mousse sur le mur ?

— Là, je la sens.

— Les couleurs sont toujours là. Aussi belles qu'avant.

— Tu veux dire que pour toi, rien n'a changé ?

— Si... vous ! Quand vous avez perdu les couleurs, une fois passé l'effet de surprise, j'ai compris que vous commenciez à dépérir. Avec l'apparition du rose, l'ambiance est devenue euphorique et cela faisait tellement de bien ! Vous étiez plus joyeux mais en même temps, j'ai senti monter une sorte de contemplation béate, voire de léthargie. Vous donniez le sentiment que notre monde était un peu mièvre, de la guimauve trempée dans de l'eau de rose.

— Ce n'est plus le cas avec le rouge. On parle même d'une nouvelle révolution sexuelle.

— C'est vrai, l'humanité a gagné en dynamisme et en énergie. Peut-être trop. Wagner a composé toutes ses puissantes symphonies dans des pièces rouges. Je ressens en vous cette même force et cette même violence. Et donc...

— Donc quoi ?

— Tant que vous ne percevrez que le rouge et le rose, notre planète bleue ne sera pas équilibrée.

Charlotte se tourne vers Arthur et pose doucement ses deux mains sur son visage. Les pulpes de ses doigts se placent sur son front et au-dessus de ses oreilles.

— Tu as écouté les informations ? continue-t-elle en parcourant son crâne. Depuis hier, les va-t-en-guerre de tous bords tiennent des propos de plus en plus virulents.

— Ils voient rouge !

Ses doigts suivent avec délicatesse le relief de ses oreilles, de son cou, de son nez cabossé.

— Partout, les gens veulent se révolter, mais sans savoir pourquoi. C'est de la violence pure. Notre monde devient acariâtre, encore plus intolérant qu'avant. Je suis inquiète pour Louise, pour toi, pour nous tous.

Arthur n'en revient pas. Elle a peur pour sa fille, pour le monde en général, mais aussi pour lui en particulier. C'était quand la dernière fois qu'une femme qui lui plaît à ce point s'est souciée de lui ?

Charlotte passe son petit doigt sur l'œil humide d'Arthur. Elle retire ses mains. Ils gardent le silence.

— Promets-moi de rester cachée ici avec ta fille, finit-il par murmurer.

— Alors tiens la promesse que tu as faite à Louise : retrouve les couleurs. En attendant, je vais enregistrer plusieurs chroniques. Comme ça, je n'aurai pas besoin de retourner à Radio France.

Arthur regarde Charlotte dans son chemisier carmin. Un magnifique coucher de soleil rouge vif renforce la tonalité du tissu. Il a envie de l'embrasser.

# Chapitre 9

## Où une souris s'invite
## à un pique-nique

Dans le train qui les conduit à Cabourg, les voyageurs portent quasiment tous du rouge ou du rose. On se croirait à la fête de l'Huma, au stand de la ligue des optimistes. Pourtant l'ambiance est électrique. Dans le wagon d'Arthur, deux passagers en viennent aux mains parce que l'un d'eux est assis à la place de l'autre. Cela ne dérange en rien des dizaines de couples qui continuent de mélanger leurs fluides dans des baisers dignes des boums d'adolescents.

Arrivé dans les beaux quartiers de la ville balnéaire, on a l'impression d'être en plein été. Les tenues vestimentaires rouges et roses rappellent les défilés colorés de Christian Lacroix. Arthur porte toujours sa veste rose un peu trop grande. Les hommes le regardent avec envie, comme s'il était particulièrement élégant. Il repère un magnifique manoir des années 30 en excellent état, si ce n'est peut-être un carreau cassé. Sur la sonnette, une fine écriture penchée indique

« Cluzel ». C'est bien là. Arthur se répète une dernière fois le discours qu'il a préparé. Impossible de lui dire la vérité, il n'a pas confiance en son ancien patron. Il sonne et, quelques secondes plus tard, il entend le loquet de la porte électrique. Il pousse le portail et pénètre dans un jardin arboré et très bien entretenu. Un jardinier apparaît, tongs roses, short rouge et T-shirt à fleurs rose. Il pousse une brouette remplie de mauvaises herbes. C'est Cluzel ! Dans cet accoutrement, Arthur ne l'avait pas reconnu.

— Qu'est-ce que vous faites là, Picasso ? demande Cluzel aussi surpris qu'inquiet de voir surgir son ancien ouvrier-commercial-souffre-douleur.

Arthur lui sourit et adopte l'attitude du vieux copain avec qui on a fait les quatre cents coups.

— Salut Adrien, tu vas bien ?

Cluzel ne desserre pas les mâchoires.

— Je passais dans le coin, je me suis dit que c'était l'occasion de venir te faire un petit coucou.

Cluzel ne desserre toujours pas les mâchoires.

— Tu sais quoi, Adrien ? Je voulais te dire merci ! On a eu des petits différends, tous les deux, mais avec le recul, je te dois tellement pour tout ce que tu as fait pour moi. J'ai énormément appris à tes côtés.

— Sortez de chez moi, s'il vous plaît.

Cluzel s'approche de la commande électrique du portail.

— Tiens, pour te dire à quel point j'ai adoré bosser pour toi, depuis, je collectionne les crayons de couleur...

Cluzel suspend son geste.

— Mais attention, les Gaston Cluzel, uniquement les Gaston Cluzel !

— Vous collectionnez les crayons Gaston Cluzel ?

— Absolument. Et à tout hasard, tu en aurais encore quelques-uns ?

Arthur sent que c'est mal engagé, mais il ne peut plus changer de stratégie.

— Je suis prêt à te les acheter. Je m'intéresse particulièrement à la production du dernier jour. Et je t'avoue que là, je sais plus trop où regarder.

— Vous ne savez plus ?

— Non, mais je me rappelle très bien que tu en as prélevé une poignée dans les stocks, avant qu'on ne coupe les machines. En fin connaisseur, tu avais d'ailleurs remarqué qu'ils avaient de très belles couleurs. Tu te rappelles ? Pour te dire la vérité, j'avais un peu chargé la quantité de pigments.

— Ne bougez pas.

Cluzel disparaît, laissant Arthur seul. En fait, ce n'est pas un mauvais bougre, se dit-il. Il joue à la lutte des classes mais au fond, c'est certainement un bon gars. Cluzel revient, les mains vides. Il s'empare du râteau posé sur sa brouette, le brandit à deux mains au-dessus de la tête d'Arthur. Sa mèche de cheveux a glissé sur un œil, mais l'autre est noir pour deux.

— Toi, tu ne bouges pas, répète Cluzel s'autorisant enfin le tutoiement.

— Vous devriez peut-être arrêter le rouge, monsieur Cluzel, répond Arthur, reprenant le vouvoiement pour tenter de calmer son ancien patron.

— Salopard, et en plus tu viens me narguer chez moi ! vocifère Cluzel. J'ai appelé la police, ils ne vont pas tarder ! hurle-t-il.

Arthur jette un œil derrière lui. La porte de la propriété est fermée et Cluzel s'est placé devant le bouton d'ouverture. Arthur est prisonnier.

— Paris, Saint-Moritz et maintenant Cabourg ! crie Cluzel au bord de la crise de nerfs.

Paris, Saint-Moritz, Cabourg, se répète Arthur. On dirait le slogan d'une marque de polos de luxe. Mais quel rapport ?

— La semaine dernière, il y a eu une effraction à mon domicile à Paris. J'ai trouvé bizarre qu'on me vole seulement la COLLECTION de crayons léguée par Gaston, mon arrière-grand-père.

Cluzel fait mine de taper Arthur avec son râteau, mais retient son geste à quelques centimètres du crâne de son ancien employé.

— Il y a deux jours, à Saint-Moritz, le gardien me prévient qu'on a cambriolé mon chalet et qu'on a AUSSI piqué mes CRAYONS ! C'était ceux de mon père et de mon grand-père ! Leur seule valeur était sentimentale !

Cluzel, rouge écarlate, approche dangereusement son arme du front d'Arthur.

— Et ici même ce matin ! Tu as attendu que je parte à la plage ramasser des bigorneaux pour venir me cambrioler et me piquer ma PROPRE COLLECTION. Tout ça pour quoi ? Hein, pour quoi ?

Arthur comprend soudain le carreau cassé.

— Et tu as le toupet de te présenter devant moi pour savoir s'il en reste ENCORE quelque part !

Avant que le coup ne parte, l'ex-rugbyman prend rapidement le dessus sur son ancien patron. Il a le temps d'appuyer sur le bouton d'ouverture du portail pour courir, sans se retourner, en direction de la gare. Il s'engouffre dans le premier train, qui ferme ses portes juste derrière lui. La vieille locomotive se met en mouvement, entraînant péniblement les lourdes voitures.

— Il va où, ce train ? demande Arthur, après avoir repris son souffle, à une voyageuse belle à lui recouper le souffle.

Elle porte une robe moulante vermeille.

— À Paris, répond-elle avec un sourire qui étire voluptueusement son rouge à lèvres cardinal.

Assise devant son micro, dans un studio de France Inter, Charlotte entend Sylvie entrer et prendre place à côté d'elle. Sa démarche un peu saccadée a quelque chose d'inhabituel.

— Toi, tu viens d'acheter des nouvelles chaussures !

— Je ne peux rien te cacher. Des Louboutin dans une vente privée. Dix centimètres de talons. Je les adore avec leurs semelles rouges ! C'est ma couleur préférée, comme Cléopâtre, ajoute-t-elle.

— Si je te raconte comment on s'y prenait pour obtenir cette couleur à l'époque, tu risques d'avoir envie de me les donner, la taquine Charlotte.

— Ça ne risque pas !

— Il fallait ramasser deux cent cinquante mille escargots de mer pour teindre une seule toge. Un vrai génocide. Mais le pire, c'est qu'on les laissait macérer pendant des mois dans de l'urine. Ça sentait tellement mauvais qu'il fallait faire cela très loin des villes. Tu me passes tes chaussures ?

— Certainement pas !

*Il y a quelques années, des chercheurs ont montré à des volontaires masculins des photos de femmes moyennement attirantes sur des fonds rouges ou blancs. Les hommes ont noté les femmes sur fond rouge comme deux fois plus attirantes que celles sur fond blanc. Comme par hasard, quand une auto-stoppeuse est habillée en rouge, les automobilistes s'arrêtent deux fois plus souvent. Comme par hasard, la serveuse habillée en rouge sera gratifiée par de plus généreux pourboires ! Pourquoi les femmes sont-elles plus attirantes quand elles sont habillées en rouge ou lorsqu'elles portent du rouge à lèvres ? Parce qu'elles signifient par là inconsciemment aux hommes leur fertilité. Nos lointaines ancêtres avaient les lèvres labiales et génitales beaucoup plus rouges pendant les périodes d'ovulation. Et il s'avère que les femmes s'habillent sans le savoir plus naturellement en rouge ou en rose quand elles sont fertiles. Sachez enfin qu'en moyenne, les couples font l'amour trois fois par semaine dans*

*une chambre rouge et presque deux fois moins*
*dans une chambre blanche. À vos pinceaux !*
*Et à demain, chers auditeurs-bricoleurs.*

La lumière rouge du studio s'éteint.

— Je vais tout de suite acheter de la peinture sur eBay, s'exclame Sylvie assise à côté de Charlotte.

— Sylvie, je ne peux pas te dire pourquoi, mais je vais devoir m'absenter pendant quelques jours.

— Mais c'est impossible, on a besoin de toi.

— J'ai écrit quelques chroniques. Est-ce qu'on peut les enregistrer ?

Sylvie réfléchit.

— Il y a une histoire d'amour là-dessous ? C'est la seule excuse valable.

Charlotte ne veut pas la contredire et fait une petite moue.

— Je commence à comprendre pourquoi tu veux mes chaussures, la taquine Sylvie. Je vais en parler au boss. Ça va beaucoup mieux entre nous, ajoute-t-elle en rougissant.

Lorsque, en fin de soirée, Charlotte quitte Radio France, Gilbert l'attend un peu à l'écart sur les marches en ciment, à l'extérieur. La veille, il s'est fait passer auprès de la gardienne de son immeuble pour un assureur désirant entrer en contact avec la sinistrée. Mais personne n'avait de nouvelles depuis l'incendie. Tout ce que la gardienne a pu lui dire, c'est son nom de famille et son emploi à Radio France. Gilbert s'est posté devant l'entrée du personnel de la Maison de la radio avec, sur son téléphone, la photo de Charlotte trouvée sur le site de l'émission. Cette animatrice, qui devait se prendre pour une star, avait posé avec des lunettes de soleil.

Gilbert s'engouffre dans le métro derrière elle. Cela n'a jamais été aussi facile de suivre quelqu'un, se dit-il en la regardant avancer avec sa canne blanche.

Le train est bondé, Arthur finit par trouver un strapontin entre deux wagons et réfléchit à la situation. Il n'est pas le seul à chercher les derniers crayons de couleur Gaston Cluzel. Qui d'autre que lui a pu arriver à la même conclusion ? La triade chinoise, forcément ! Arthur se rappelle avoir fanfaronné au QG en racontant à tout le monde, en particulier à Gilbert, qu'il avait vidé tous les stocks de pigments dans la dernière série. Quel abruti je suis, se dit-il en serrant les poings. Maintenant que cette mafia a mis la main sur les crayons, elle va tout faire pour retrouver Louise. S'ils ne veulent pas que les autres couleurs réapparaissent, ils vont vouloir la faire disparaître.

Soudain, Arthur voit surgir, à l'autre bout du wagon, un contrôleur, facilement reconnaissable avec son ruban rouge sur la casquette. Non seulement Arthur n'a pas de titre de transport, mais il n'a pas d'argent non plus. Ce n'est pas le moment de se faire remarquer, d'autant que la police est peut-être à ses trousses. Se remémorant les bons vieux films de série B, il essaie d'ouvrir la porte des toilettes. Occupé. Il part donc dans la direction opposée à celle du contrôleur, traverse une voiture et arrive en queue de train. Devant les toilettes, le même voyant « occupé » en lettres rouge garance semble le narguer. Il doit trouver une solution. En revenant sur ses pas il aperçoit un voyageur assoupi, son billet posé sur les genoux. Arthur le lui chipe délicatement, sans même s'arrêter. Il a été tellement peu discret qu'il s'attend à ce que quelqu'un crie : « Au voleur ! » Mais non, rien... Comme le numéro de la place est inscrit sur le billet, Arthur s'éloigne le plus loin possible. Il se dirige droit vers le contrôleur qui poinçonne son titre de transport sans même le regarder. Dans la foulée, il trouve une place libre à côté d'une vieille dame asiatique. Mais un pressentiment l'assaille, il se sent de plus en plus angoissé. Si les cambrioleurs sont passés ce matin chez Cluzel, ils sont peut-être dans ce train et peut-être même d'origine asiatique. Il écarte immédiatement de sa liste de suspects la vieille dame et cherche à repérer tous les voyageurs orientaux. Ça s'appelle du délit de faciès, se dit-il un peu honteux. Pourtant, impossible de se raisonner, le voilà qui suspecte un costaud aux yeux bridés cachés derrière de petites lunettes de vue dans le wagon de queue et un autre, un peu plus jeune, assis en milieu de rame. Il décide de commencer par le premier et traverse à nouveau le train en sens inverse. Il s'excuse platement lorsqu'il enjambe un voyageur mal réveillé, à genoux par terre, en train de chercher son billet sous le regard suspicieux du contrôleur. Il s'approche du premier suspect. Un véritable sumo, de la catégorie des *yokozunas*, un lutteur qui pourrait lui briser le crâne avec une seule main. Les sumotoris sont japonais et rarement chinois, se dit-il pour se rassurer. Sur le porte-bagages, au-dessus de cet imposant voyageur qui déborde sur le siège d'à côté, un sac orné d'une broderie représentant un dragon rouge. La triste banlieue parisienne grise depuis toujours sous son ciel gris défile à présent à travers la vitre. Le train ne va pas tarder à arriver gare Saint-Lazare. Le sumotori s'extirpe difficilement de son siège et s'avance vers lui avec autorité. Que faire ? Fuir ? Évidemment, mais ses jambes flageolent. Il se retourne et ferme les yeux, attendant de se faire étrangler, broyer, écarteler ou même pire. Au bout de quelques secondes, il soulève prudemment ses paupières. Le double quintal de muscles est passé devant lui sans s'arrêter. Arthur le voit entrer dans les toilettes et en profite pour s'approcher de son sac. Le dragon le regarde méchamment, le nargue, l'air de lui dire : tu es incapable d'ouvrir ce sac pour voir ce qu'il contient. Les voyageurs commencent à rassembler leurs affaires et Arthur, qui n'aime pas se faire humilier par les dragons, attrape le sac. Les freins du train hurlent, annonçant son arrivée imminente.

— Il est à vous, ce sac ? demande une voix timide dans son dos.

Arthur fait comme s'il ne l'avait pas entendue et ouvre la fermeture Éclair. Il est rempli de crayons Gaston Cluzel gris ! Arthur constate que sur certains crayons, les logos sont un peu plus fins donc plus récents. Il referme le sac, le met sur son épaule et essaye de se frayer un chemin vers la sortie. Son cœur pétarade.

— Je ne crois pas que ce sac soit à vous, monsieur, répète l'agaçante petite voix en haussant le ton.

Il se tourne vers la voix féminine et lui sourit. C'est une toute petite dame sèche, qui porte un tailleur rouge alizarine et un collier rose fraise.

— C'est à moi que vous parlez, madame ?

— Oui monsieur !

— Je vous remercie d'être vigilante. Si tout le monde était comme vous, il y aurait certainement moins de vols. Mais en l'occurrence, c'est bien le mien. Est-ce que ce sac appartient à quelqu'un d'autre ? demande Arthur à l'assistance avec une assurance qui le surprend lui-même.

Tous les voyageurs gardent le silence. La femme cherche des yeux le gros monsieur qui était à côté d'elle. Il n'est plus là. Après tout, se dit-elle, ce n'est pas parce qu'il y a un dragon dessus que ce sac appartient forcément à ce monsieur asiatique. Et puis, un homme avec une veste à paillette rose ne peut pas être un voleur...

223

— Je vous prie de m'excuser, monsieur, finit-elle par bredouiller.

— Vous avez bien fait. On n'est jamais trop prudent.

Ils ne sont plus qu'à quelques centaines de mètres de la gare et la plupart des passagers se sont maintenant levés. Une jeune femme, avec un bébé vêtu d'un babygros rose dans une poussette grise, bloque la sortie. Soudain, il aperçoit le sumotori qui sort des toilettes et qui cherche des yeux son sac sur le porte-bagages. Arthur pose vite le sac au sol pour le cacher derrière la haie de passagers mais trop tard, « Double Quintal » le fixe avec un petit sourire et dodeline de droite à gauche la tête pour dire non ou pour lui faire comprendre qu'il n'aurait jamais dû faire cela. Sa corpulence l'empêche de se faufiler entre tous les passagers et les bagages qui entravent le passage. Et visiblement, il ne veut pas attirer l'attention. Contre toute attente, il fait demi-tour et repart dans la direction opposée.

Bien sûr ! Cette voiture a deux portes extérieures et il est juste à côté de l'autre sortie. Comme le quai est un cul-de-sac, Arthur sera obligé de passer devant lui. Le train est quasiment arrêté, il doit prendre une décision, et vite. Il ouvre le sac, saisit autant de crayons qu'il le peut et les cache dans son pantalon puis il enlève sa veste rose et la laisse à regret sur le sac. Les portes automatiques s'ouvrent.

— Je vais vous aider, madame, annonce Arthur à la jeune mère avec une pointe d'autorité.

Avant même qu'elle ait accepté, il soulève la poussette et descend les trois marches.

— Elle s'appelle comment, cette jolie petite fille tout en rose ?

— Tristan. C'est un garçon.

— Pardon...

Arthur pose la poussette sur le quai. La femme descend juste derrière lui, avec son sac et celui de son bébé.

— Prenez Tristan. Je vais porter vos sacs.

Arthur avance le plus naturellement possible à côté de la maman et de sa poussette. Son cœur s'est remis à tambouriner en voyant Double Quintal accourir dans leur direction. Peut-être ne voit-il pas très bien de loin ? Et s'il cherche un homme avec une veste rose qui porte un sac avec un dragon, il a une chance de s'en sortir.

Double Quintal observe tous les voyageurs qui passent devant lui. Lorsqu'il arrive à son niveau, Arthur tourne la tête et se penche vers le bébé. Les crayons cachés dans son pantalon s'enfoncent dans son ventre. Il a du mal à se courber.

— Tu as été très sage, Tristan, dit-il en grimaçant de douleur. Je te félicite.

Double Quintal les dépasse sans s'arrêter et rejoint la porte du train. Il bouscule des passagers pour monter. Arthur, l'air de rien, a accéléré le pas, suivi par la jeune femme qui peine à le suivre. Décidément, se dit-elle, les Parisiens sont toujours pressés. Un jeune homme arrive à leur rencontre et prend le bébé dans ses bras. Arthur lui donne les sacs, dit au revoir de la main au bébé par-dessus l'épaule de son papa et se rue vers la sortie.

*Alerte sur lemonde.fr*
*Les ventes d'armes dans le monde battent des* records.

Devant la grande table de la résidence, sur une chaise rehaussée d'un gros coussin, Louise refuse de dessiner avec les nouveaux crayons. La vingtaine de bouts de bois hexagonaux grisâtres est alignée devant elle. Charlotte, assise à ses côtés, lui caresse l'épaule. Arthur et Lucien se tiennent à distance et observent la scène le plus discrètement possible.

— Je voulais un crayon jaune, maman, s'énerve Louise. Il n'y en a pas !

— Essaye celui-là, dit Charlotte en prenant un crayon à tâtons. Tu vas peut-être pouvoir nous faire un joli soleil.

Louise le saisit et trace un nouveau cercle sur la feuille. Encore un cercle gris.

— J'aime pas les soleils gris, gémit Louise.

Elle saute de sa chaise pour quitter la pièce.

— Un soleil, c'est jaune ! C'est pas vert, c'est pas gris, c'est jaune !

Lucien attrape au vol sa petite-fille qui passe devant lui. Il la soulève au niveau de son visage et lui sourit. Elle est légère comme une plume.

— Pourquoi tu nous parles de vert ? lui demande gentiment son grand-père.

Arthur a le même pressentiment.

— Moi ce qui me ferait plaisir, c'est que tu me dessines de l'herbe bien verte, tente Arthur.

— J'ai pas envie.

— Et ma collection de souris ? surenchérit Lucien. J'en ai des roses et des rouges, je voudrais bien une souris verte. S'il te plaît ! Comme dans la chanson.

Lucien raccompagne sa petite-fille vers la table et l'installe sur ses genoux.

— Tu vois un crayon vert ?

Louise, sans rien dire, attrape un crayon gris et trace des traits verticaux sur le bas d'une feuille blanche. Des traits gris. Au milieu, elle dessine une forme ovale qu'elle colorie. En gris. Arthur et Lucien s'interrogent du regard. Elle ajoute doucement deux points à l'avant de l'ovale en appuyant bien fort sur le crayon. On devine des yeux.

— J'ai caché la souris verte dans l'herbe pour pas qu'on la mange.

Au bout de quelques secondes, la souris grise se prend pour un caméléon. Imperceptiblement, elle change de teinte. On devine des reflets vert-de-gris, de plus en plus prononcés. Doucement, la couleur vire au mastic, puis au caca d'oie, au kaki, à l'olive, à l'amande, au poireau, à l'avocat, au tilleul, à l'absinthe. La couleur de la souris et de l'herbe se fixent finalement en un pistache éclatant. Lucien tourne la tête et remarque pour la première fois des motifs vert d'eau sur le tapis du salon, exactement le même vert que les portes et les plinthes de la pièce.

Arthur montre du doigt la fenêtre à Lucien. Il lève les yeux et aperçoit le jardin. Les épines des conifères ont retrouvé leurs couleurs dans un mélange de verts allant de l'anis au vert bouteille. L'olivier crâne avec ses feuilles kaki foncé en plein hiver. La pelouse a également retrouvé sa couleur.

Charlotte, qui interprète parfaitement leurs silences ravis, caresse la nuque de sa fille.

— Est-ce qu'il y a un crayon d'une autre couleur sur la table ?

— Celui-là, dit Louise en l'attrapant. Je vais dessiner le ciel au-dessus de la souris.

Charlotte donne le bras à Arthur. Sa canne blanche repliée dépasse de son petit sac en bandoulière. Ils fendent avec difficulté la foule du musée d'Orsay. Les rares visiteurs se concentrent devant les tableaux à dominante rouge ou rose, ils s'agglutinent devant *Le Corsage à carreaux* de Bonnard. Une femme bon chic bon genre d'une cinquantaine d'années regarde un tableau entièrement gris les yeux exorbités et la bouche grande ouverte. Elle bascule doucement d'un pied sur l'autre en poussant de légers râles.

Arthur et Charlotte accèdent au premier étage par un escalier orné d'un tapis rouge qui rappelle celui des marches du Festival de Cannes. Soudain Arthur retient Charlotte par la manche. « Il est là », dit-il en s'arrêtant devant *Le Déjeuner sur l'herbe*. Les cerises, tombées du panier, sont comme de petites oasis de couleur sur une toile en nuances de gris. Charlotte s'arrête en face du tableau en se repérant grâce à l'éclairage. Elle se concentre pour éveiller ses quatre sens surdéveloppés. Les bruits environnants sont légèrement amortis par la toile monumentale. Elle sent l'odeur des tableaux anciens qui se mélange à celles des visiteurs. Elle essaye d'imaginer les quatre personnages de la composition triangulaire, de ressentir le regard de la femme nue qui sort de l'eau et s'offre au soleil, nonchalamment assise dans l'herbe aux côtés de deux hommes habillés. Elle entend son cœur qui accélère tout doucement, ses mains sont légèrement moites et son souffle est un peu plus court que d'habitude. Charlotte est venue des dizaines de fois au musée d'Orsay, toujours avec cette même frustration de ne pas pouvoir toucher un de ces chefs-d'œuvre. Elle aimerait tellement ressentir en l'effleurant de la pulpe de ses doigts le talent de ces grands peintres. Pourquoi ne pas nous laisser, nous les aveugles, ne serait-ce qu'une fois, caresser les tableaux ? Pourquoi ne pas nous laisser partager cette culture universelle ? se dit-elle à chaque visite. Juste une fois.

Bien sûr, Charlotte sait très bien que le contact répété des doigts et l'acidité des microgouttes de transpiration polissent n'importe quelle matière et font disparaître la peinture. Mais juste une fois...

— Aujourd'hui, je vais redonner des couleurs aux chefs-d'œuvre de l'impressionnisme. Ça vaut bien une petite exception, se justifie-t-elle auprès d'Arthur.

— Bien sûr. Surtout que le talent de coloriste de ta fille est aussi... impressionnant !

l'encourage-t-il, pas tout à fait certain de son trait d'humour.

Mais Charlotte sourit en sortant de son sac le dessin de Louise et un rouleau de Scotch repositionnable qu'elle tend à Arthur. Elle entend quatre fois le bruit du dévidoir et inspire profondément.

— Tu me dis quand, chuchote-t-elle.

Arthur a repéré les gardiens. Ils sont deux, assis à une dizaine de mètres à gauche de la toile. Ils surveillent consciencieusement la foule. Un groupe d'étudiants assez bruyant entre dans la pièce, attirant leur attention.

— Maintenant !

Charlotte s'avance précautionneusement en tendant le dessin devant elle. Elle sent que la feuille de papier vient d'entrer en contact avec la toile de lin. Elle appuie très légèrement sur les morceaux de Scotch aux quatre coins du dessin et le positionne en bas à gauche du tableau de Manet. Un touriste, devant la scène, ouvre de grands yeux. La souris de Louise semble grignoter les cerises d'Édouard. Le bleu cyan du ciel du dessin se fond dans les reflets bleu acier de la nappe. Le personnage assis à la droite du tableau montre la souris du doigt, l'air un peu étonné. Charlotte s'essuie les mains sur sa jupe afin d'ôter l'infime film de transpiration qui perle sur la pulpe de ses doigts, puis elle les pose délicatement sur le tableau. Elle le parcourt avec une infinie douceur, épouse les creux et les bosses de la peinture, s'arrête sur quelques touches de peinture épaisses pour mieux s'en imprégner. La femme nue la regarde avec bienveillance, la priant de poursuivre.

Le bruit de sifflet du gardien du musée arrive complètement étouffé aux oreilles de Charlotte. Elle ne l'entend pas. Elle n'entend plus rien. Son cerveau n'est plus que le prolongement de ses doigts qui parcourent la toile à leur gré. Sa conscience est modifiée. Ses doigts sont comme dix émetteurs qui envoient des informations à travers son système nerveux jusqu'à son cortex somato-sensoriel. Des milliers de douces sensations diffuses, relayées par ses connexions neuronales, se frayent un chemin jusqu'à sa conscience. Charlotte comprend le génie de Manet, ressent enfin l'harmonie des couleurs. D'autres activations neuronales créent des soubresauts involontaires dans sa nuque qui se raidit. Le battement de ses paupières devient de plus en plus rapide.

Les deux gardiens ont bondi de leurs chaises. Arthur s'interpose en écartant les bras pour laisser Charlotte profiter quelques secondes de plus de la toile. Mais c'est inutile, les gardiens ne forcent pas le passage. Ils se sont arrêtés net, ébahis. Leur regard passe du dessin d'enfant au tableau du maître. Les verts sombres de l'arrière-plan du tableau ont repris toute leur puissance. La nappe azurée souligne à nouveau la blancheur de la peau légèrement rosée de la jeune femme nue. Les gardiens, comme les visiteurs, perçoivent à nouveau le spectre des couleurs dont la longueur d'onde est comprise entre 450 et 570 nanomètres, soit l'ensemble des verts et des bleus. Il reste encore de multiples zones grisées sur la toile, mais le chef-d'œuvre a repris toute sa puissance. La foule est de plus en plus nombreuse devant le tableau et le dessin. « *Amasing… asombrosso… tolle… fantastiskt…* » On s'enthousiasme dans toutes les langues. « *Sugoï !* » s'exclame une touriste japonaise en pointant du doigt les yeux bleu cérulé d'un touriste nordique.

Les deux gardiens, dans un même réflexe, tournent le dos à la souris qui grignote les cerises dans l'herbe verte, pour contenir l'attroupement, de plus en plus compact. Arthur se joint à eux, les bras toujours écartés, afin de laisser Charlotte explorer quelques secondes encore chaque centimètre carré du tableau. Elle s'attarde particulièrement sur les visages des personnages.

Son corps tremble maintenant de la tête aux pieds. Sa nuque est penchée en arrière. Elle est en transe. Seule la pulpe de ses doigts écartés, qui caresse le tableau, semble calme. On aperçoit ses yeux révulsés par-dessus ses lunettes de soleil.

Arthur force sans peine la porte arrière de l'usine Gaston Cluzel désormais endormie.

— Une chance sur mille, dit-il à Charlotte en entrant prudemment.

— C'est toujours une chance, répond-elle en le suivant dans le vieux bâtiment.

Aussitôt, elle est assaillie par les odeurs de pigments, de bois et de cire qui se mêlent au cambouis.

— S'il restait des crayons, ce serait où ?

— Dans le bureau du patron, répond-il en la guidant vers l'escalier métallique.

Du haut des marches, l'usine désaffectée paraît encore plus grande. Il repère au sol les traces sombres aux endroits qu'occupaient les machines.

Dans le bureau de Cluzel, une puissante odeur de propre. Le ménage a été fait et la pièce entièrement vidée. Si ce n'est deux gros cartons de déménagement dans un coin. Arthur se précipite et déchante aussitôt. Il n'y a rien à l'intérieur. À son soupir, Charlotte comprend.

Elle soulève un des deux cartons, le déplie entièrement et le pose à plat sur le sol. Elle fait la même chose avec l'autre carton qu'elle place à côté du premier. Lentement, elle s'agenouille sur les cartons neufs.

— Je veux faire l'amour, dit-elle le plus naturellement du monde.

— Je... je ne sais pas... si c'est le moment, et l'endroit, bafouille Arthur.

Elle l'attire à lui, détache sa propre écharpe et la noue autour des yeux d'Arthur qui n'oppose aucune résistance.

— Je veux faire l'amour, répète-t-elle.

Arthur à genoux lui aussi devant elle se sent terriblement nerveux.

— Tu as déjà entendu parler des étreintes tantriques ? lui demande-t-elle.

Il est incapable de répondre pendant qu'elle poursuit tranquillement :

— Sous certaines conditions, l'union de deux corps permet de fusionner les esprits qui ainsi se transcendent et grandissent. Je veux t'offrir toute mon énergie et puiser dans la tienne. Toute la puissance du yin et du yang réunis. On en aura besoin pour retrouver les couleurs.

Arthur est agité de tics nerveux.

— Je ne vois plus rien, proteste-t-il les yeux toujours bandés.

— Au contraire, c'est maintenant que tu commences à voir ce qui est important.

Charlotte le déshabille avec lenteur.

— Tu sais pourquoi les gens ferment les yeux quand ils rient, quand ils pleurent ou quand ils font l'amour ? poursuit Charlotte d'une voix encore plus claire que d'habitude, tout en lui caressant le torse. C'est parce que l'essentiel se ressent avec le cœur. Vos yeux sont tellement performants qu'ils ont tendance à anesthésier vos autres sens.

Arthur comprend qu'elle veut l'entraîner dans son monde et se détend un peu.

— Nous allons commencer par accorder nos respirations, dit-elle en l'invitant à s'allonger sur le dos à côté d'elle. Pose ta main sur le haut de mon ventre.

Arthur avance en tremblant sa main droite et touche enfin cette peau dont il rêve depuis des mois. Elle est encore plus douce que ce qu'il avait imaginé. Sa main s'arrête à quelques centimètres du nombril de la jeune femme. Son pouce effleure le haut des poils pubiens de Charlotte. Arthur réalise qu'elle s'est elle aussi entièrement déshabillée.

— Suis les mouvements de mes poumons et essaye d'inspirer et d'expirer en même temps que moi.

Arthur se concentre et calme progressivement sa respiration.

— Voilà ! nous sommes maintenant accordés sur un même rythme. Tu ressens la chaleur de mon corps ? Il est légèrement plus chaud que ta main.

Arthur caresse le ventre de Charlotte et remonte doucement la main vers ses seins.

— Tu sens qu'ils sont un peu plus frais ? Maintenant, nous allons accorder nos rythmes cardiaques. Le cœur ne triche pas. Et c'est l'essence de la vie. Je sens le tien qui accélère. Tu vas écouter le mien avec ta main.

Arthur quitte le sein droit, descend au niveau du sternum, escalade délicatement son sein gauche et redescend sous la poitrine de Charlotte.

— Je n'entends rien.

— C'est que tu n'écoutes pas. Pas assez. Concentre-toi.

Arthur déplace légèrement sa main, cherche à tâtons.

— Ça y est, chuchote-t-il au bout de quelques secondes. Je commence à ressentir quelque chose. C'est léger, mais je sens un rythme régulier.

— Imprègne-toi des battements de mon cœur. Maintenant avec ton autre main, essaye de prendre ton pouls.

Arthur place son index gauche sous sa carotide. Charlotte attrape son doigt et le déplace légèrement sur son cou.

— C'est là. Est-ce que tu sens ton cœur maintenant ?

— Oui, il bat plus vite que le tien.

— Alors tu vas me caresser pour faire accélérer le mien jusqu'à ce que nos cœurs battent à l'unisson.

Arthur remonte la main sur le sein gauche de Charlotte mais sent que c'est plutôt son propre cœur qui accélère. Il lui caresse l'épaule en redescendant régulièrement vérifier les battements de son cœur. Cette caresse sur l'épaule lui fait plus d'effet que sur les seins. Le rythme cardiaque de Charlotte se rapproche peu à peu du sien. Charlotte effleure alors de ses deux mains les jambes d'Arthur et remonte jusqu'à ses fesses. Elle sent l'excitation monter en elle. Leurs rythmes cardiaques et leurs respirations sont à présent synchrones et accélèrent de concert.

— En suivant mes artères, tu vas chercher tous les endroits de mon corps où tu parviens à sentir mon pouls.

Arthur, sans un mot, lui caresse le visage, sent distinctement sa tension sur sa tempe. Ses doigts coulent sur sa nuque, il prend son pouls sur sa carotide, descend le long de ses bras et le retrouve au niveau de son poignet. Il remonte jusqu'à son épaule, glisse jusqu'à son ventre, s'arrête sur l'artère fémorale en haut de ses cuisses. Les cœurs, toujours à l'unisson, vont encore plus vite. Il suit l'artère jusqu'à son genou, perd le pouls sur son mollet et le retrouve au creux de sa cheville. Leurs respirations, de plus en plus saccadées, sont toujours à l'unisson. Arthur remonte sa main pour explorer la dernière zone qu'il n'a pas encore osé aborder. Il s'approche doucement, sent son humidité, sa chaleur, effleure son clitoris, tourne autour, revient à lui, s'en éloigne puis introduit son index. Leurs deux cœurs montent en fréquence. Leurs respirations sont plus courtes, plus syncopées, mais toujours synchrones.

— Maintenant, viens, ordonne-t-elle.

Arthur se tourne vers elle au moment même où un téléphone se met à vibrer. Une seule fois. Un sixième sens libère immédiatement Charlotte de son état second. Elle cherche précipitamment son portable sur le sol et écoute le SMS en traduction vocale. Une voix métallique annonce d'un ton enjoué : « Message... de... Pierrette... : Louise... et... Lucien... ont... été... kidnappés... »

# Chapitre 10

## Où l'on apprend que la dame pipi la plus chère de Paris n'a rien d'une dame

La résidence ressemble maintenant à une maison de retraite comme les autres. Certains petits vieux arpentent sans but les longs couloirs aux murs bleu outremer. La salle télé est comble comme jamais. Les pensionnaires regardent les chaînes d'info, qui évoquent en boucle le retour des verts et des bleus. Un envoyé spécial, costume anis et cravate aigue-marine, se tient micro à la main devant *Le Déjeuner sur l'herbe*. Personne n'a osé enlever le dessin. Les résidents espèrent tous, sans oser le dire, qu'un flash spécial annonce la libération d'une petite fille. Mais il n'est question que de bleus, de verts et épisodiquement des roses et des rouges retrouvés.

Charlotte et Arthur entrent en trombe.

— Que s'est-il passé ? hurle Charlotte.

— Deux hommes cagoulés sont entrés peu après votre départ, marmonne Pierrette.

Au début, ils ne voulaient enlever que Louise. Mais Lucien a passé un accord avec eux. Si ces voyous le laissaient les accompagner, nous ne préviendrions pas la police.

— Mais vous l'avez quand même appelée, j'espère ?

Silence honteux des résidents, éduqués à ne pas contester la décision d'un arbitre.

— On dit que c'est au cours de la première heure qu'on a le plus de chance de retrouver des personnes enlevées ! s'emporte Arthur.

Des larmes coulent sous les lunettes de Charlotte.

— S'ils apprennent que la police est prévenue, nous risquons de ne jamais les retrouver. Tout ce qu'ils veulent, c'est qu'elle dessine avec leurs crayons, ajoute Pierrette, qui s'éponge le front avec un mouchoir vert. Ils nous ont promis de les libérer ensuite sans leur faire de mal. Lucien avait l'air de savoir ce qu'il faisait.

Le portable de Charlotte vibre. D'un geste maladroit, elle décroche aussitôt.

Ajay avait eu toutes les peines du monde à comprendre sur quelle station il avait entendu cette voix féminine. Le vieux radio-réveil n'indiquait pas la fréquence. Il avait alors remonté le couloir de son hôtel frappant à toutes les portes avant qu'une femme, qui par chance parlait anglais, lui ouvre enfin. Quand il lui demanda si elle pouvait venir dans sa chambre, écouter la radio, elle lui avait claqué la porte au nez en le traitant de « pervers ». Le mot se prononce à peu près de la même façon en anglais. Il avait compris. Comme il comprit, au regard que lui lança la jeune femme de l'accueil, qu'il n'arriverait à rien de cette façon-là. Cette dernière prétexta en rougissant qu'elle n'avait pas le droit de quitter son poste.

Il dut attendre l'arrivée de la femme de ménage pour apprendre qu'il écoutait France Inter depuis des heures. Il téléchargea sur son téléphone la page Web de la radio et, au hasard des podcasts, il fut enfin submergé par une couleur parme violette qui le bouleversa. En cliquant sur le nom de la journaliste, il découvrit la photo de Charlotte et fut émerveillé par sa beauté. Pourtant il n'était pas sûr que cette jeune femme aux traits délicats soit celle qu'il avait aimée à l'arrière de son taxi. Dans sa mémoire, elle avait les cheveux plus longs. Mais à la réflexion, il ne se rappelait pas du tout de son visage. Il faisait noir dans les rues de New York. Et dès qu'il entendait le son de sa voix, il fermait les yeux pour savourer cette incroyable couleur violette. Cette inconnue portait des lunettes de soleil sur la photo. Peut-être était-elle aveugle ? En googlisant Charlotte sur Internet, il trouva de nombreux articles. Charlotte Da Fonseca était une scientifique spécialiste de la couleur. Ce n'était donc pas sa belle. Mais cela n'entama pas son désir de la rencontrer. C'est cette voix qui l'envoûtait. Il se rendit donc en taxi à la Maison de la Radio.

Il repéra très vite un homme emmitouflé dans un manteau noir qui faisait lui aussi le pied de grue devant l'entrée. Ils attendirent longtemps, Ajay à moins de deux mètres de lui, un peu en retrait, quand enfin Charlotte apparut. L'homme louche loucha sur son téléphone. Ajay avait exactement le même que lui, mais surtout la même photo sur son écran !

Ajay ne reconnaissait toujours pas sa cliente du nouvel an, mais la canne blanche télescopique qu'elle déplia ne lui laissa plus de doute. C'était donc elle ! Ajay jubilait. Il s'apprêta à aller à sa rencontre quand il vit l'homme faire un pas de côté, comme s'il ne voulait pas entrer dans le champ de vision de sa belle. Curieux réflexe, surtout devant une aveugle. Ajay attendit quelques secondes et le vit prendre Charlotte en filature. Il décida aussitôt de les suivre sans se faire repérer.

Charlotte les entraîna en RER jusqu'à Sceaux. Mais lorsque Ajay introduisit son ticket de métro dans la fente pour quitter la gare, une lumière rouge s'alluma. L'accès était bloqué et de l'autre côté un policier l'observait d'un air sévère. Ajay se souvient alors d'un cliché en noir et blanc qui l'avait marqué lors de son premier voyage à Paris avec ses parents. Un futur président de la République avait resquillé en sautant une barrière de métro et un photographe avait immortalisé l'instant. Si un président français s'autorise à le faire, il n'y a aucune raison que je ne me plie pas à cette coutume locale, avait-il conclu en escaladant le tourniquet. Le représentant de l'ordre qui ne parlait pas un mot d'anglais l'avait aussitôt arrêté.

« Jacques Chirac ! Jacques Chirac ! » répéta Ajay pour sa défense…

Quand le représentant des forces de l'ordre, qui devait être d'un autre bord politique, le lâcha enfin en lui remettant un papier rose, Charlotte était déjà loin. Ajay marcha au hasard dans les rues de ce quartier résidentiel. Ses réflexes de chauffeur de taxi l'aidèrent à

se repérer et il quadrilla les rues méthodique-
ment pendant près d'une heure. Il commençait à
perdre espoir quand soudain, dans le parc d'une
grande bâtisse un peu en retrait, il aperçut deux
hommes cagoulés, un pistolet à la main. L'un
d'eux était immense, l'autre portait un manteau noir qu'Ajay reconnut aussitôt. C'était son
homme !

Ils escortaient un homme d'une soixantaine
d'années qui tenait dans ses bras une petite
fille au teint mat et aux cheveux noirs. Le
mastodonte ouvrit la porte arrière d'un petit
camion. Leur intima l'ordre de monter et
referma à clé derrière eux. Les deux hommes
montèrent prestement à l'avant et démarrèrent
en trombe. Le camion s'engagea dans la rue de
la résidence et s'arrêta à un feu rouge, juste
devant Ajay.

Que faire ? Barrer la route au camion ? Aller
chercher le policier dans la station de RER ?
Le feu passa à la lumière du bas. Au même
moment, il entendit la voix de la petite fille et
sans réfléchir davantage il monta sur le pare-
chocs arrière et se tint debout en équilibre, les
deux mains agrippées à la poignée. Alors que
le camion accélérait, il gardait les yeux fermés, mais ce n'était pas la peur, il écoutait la
petite fille parler. Sous ses paupières fermées,
Ajay percevait distinctement sa couleur préférée. Une tache parme violacé. Elle était plus
claire et encore plus intense que celle de la
femme qu'il avait aimée un soir de réveillon et

qu'il venait de retrouver pour la perdre aussitôt. Mais surtout, elle était auréolée d'orange.
Un orange sanguine, comme la couleur de sa
propre voix.

À une dizaine de kilomètres de là, le camion était entré dans un entrepôt d'alcool. Ajay avait sauté sur le bitume quelques mètres avant qu'il ne pénètre sur le parking. Étrangement calme et concentré, il marcha jusqu'à l'entrée de la zone artisanale pour connaître le nom de la rue. Puis il revint discrètement sur ses pas. En parcourant les appels en absence sur son téléphone, il retrouva facilement le numéro de la cliente à qui il avait posé un lapin le jour où les couleurs avaient disparu. C'était le seul appel venant de l'étranger et le puzzle se reconstituant dans son esprit il voulait absolument lui expliquer la situation.

Seul problème : il n'avait pas de réseau. Il chercha une autre cachette sur le parking et, finalement, une maigre barre sur son écran lui indiqua qu'il pouvait passer l'appel. Il reconnut immédiatement la voix de Charlotte mais avant qu'il ait eu le temps d'entrer dans les détails, son téléphone était en bouillie. Tout comme son bras. Un mastodonte asiatique avait bien failli lui arracher l'épaule en même temps que son smartphone. Le géant le ligota et le bâillonna à l'arrière du camion. Et quelques minutes plus tard, il vit revenir, également bâillonnés et les mains attachées dans le dos, le vieil homme avec son embonpoint et surtout la petite fille avec sa si jolie couleur de voix.

*De nombreuses études démontrent que le bleu est la couleur préférée de toutes les civilisations. Et cela depuis au moins deux siècles. Mais nos préférences en couleurs sont-elles innées ou acquises ? C'est ce que se sont demandé des scientifiques anglais en proposant à des enfants des jouets bleus ou roses en tout point semblables. Jusqu'à l'âge de deux ans, la couleur n'a aucune influence sur le choix des jouets. À partir de deux ans, les filles amorcent une préférence pour le rose, qui progresse de deux à cinq ans, puis se stabilise. On observe le même phénomène avec le bleu pour les garçons. Au-delà de cinq ans, seule une fille sur cinq exprime une préférence pour le bleu, et un garçon sur cinq pour le rose. La prédilection féminine pour le rose et masculine pour le bleu semble donc être résolument acquise et non pas innée.*

*À demain, chers auditeurs.*

Le ciel bleu, rougi par le soleil mais privé de certaines longueurs d'onde, a un aspect étrange. Il lui manque toutes les nuances de jaune, d'orangé, de brun et de violacé alors que la nuit est en train de tomber. Arthur réfléchit, le regard fixé sur le toit d'un entrepôt où vient de s'allumer une lucarne.

Une heure plus tôt, un anglo-saxon a appelé Charlotte. Très énigmatique, il lui avait simplement donné une adresse à une petite dizaine de kilomètres de la résidence où il prétendait qu'une petite fille était détenue. Il l'avait suppliée d'appeler la police et avait aussitôt raccroché.

Bien que terriblement troublée, Charlotte avait décidé de s'en tenir aux consignes de son père. Arthur s'était alors proposé pour explorer cette piste et Simone lui avait prêté sa Fiat 500. Il s'était garé à une centaine de mètres de l'entrepôt.

Que faire ? Louise a certainement déjà dessiné avec tous les crayons. Lucien et sa petite-fille ne leur sont plus d'aucune utilité et ils devraient les libérer. Une pensée tente de se frayer un chemin jusqu'à sa conscience. Soudain elle émerge : depuis le toit, on doit pouvoir observer en toute discrétion ce qui se passe à l'intérieur.

Sans réfléchir davantage, il grimpe sur un muret, escalade la toiture avec une agilité qu'il ne se connaissait plus. Il évolue à quatre pattes sur la pente abrupte en métal en essayant de faire le moins de bruit possible et arrive enfin jusqu'à la fenêtre. À l'intérieur, des centaines de cartons d'alcool, mais le local semble inoccupé. Arthur enlève sa veste qu'il enroule autour de sa main et d'un coup de poing résolu, il casse le carreau. Est-ce que je ne suis pas en train de faire une connerie ? Mais déjà il se glisse à l'intérieur, traverse l'entrepôt sur la pointe des pieds et se retrouve dans un bureau en désordre. Sur la table, des dizaines de feuilles de papier avec des ronds dessinés au crayon gris et dans un coin, le sac au dragon. Ils sont passés par ici. Mais où sont-ils maintenant ? L'angoisse l'étreint. Forcément ces mafieux vont se débarrasser de Louise et de son grand-père puisqu'ils n'ont rien pu en tirer… Il ouvre frénétiquement tous les tiroirs à la recherche d'un indice.

Soudain, sur un meuble bon marché, une photo dans un sous-verre brisé. Il reconnaît Gilbert en voyage avec sa femme devant la grande muraille de Chine. C'est donc bien ce salaud qui les a enlevés ! En furie, Arthur retourne le bureau et finit par découvrir une enveloppe avec l'adresse personnelle de Gilbert.

Arthur entre par la porte d'Italie dans le XIII<sup>e</sup> arrondissement de Paris et se gare juste devant le domicile de Gilbert. Une grande tour en plein quartier chinois. Arthur s'apprête à entrer dans l'immeuble quand il distingue à travers la vitrine d'un restaurant au rez-de-chaussée le molosse du train. Hardy, dit Double Quintal, dit le sumotori ! En face de lui, Gilbert fait de grands gestes. Le cœur d'Arthur s'emballe, mais il ouvre prudemment la porte du restaurant bondé. Leur table est cachée par un gros pilier sur lequel sont vissées quelques patères où les clients suspendent leurs manteaux. En marchant en crabe, le visage tourné à l'opposé de leur table, Arthur s'approche du poteau et du manteau noir de Gilbert sous le regard interloqué d'une serveuse. Elle hausse les épaules et retourne à ses commandes.

À quelques mètres du but, Arthur tend l'oreille.

Gilbert commence ses phrases en chinois et les finit en français. Double Quintal fait de même, pour être sûr d'être bien compris car excepté une vingtaine d'expressions simples, pour Gilbert, le chinois, c'est du chinois.

— On a retrouvé une couleur, c'est déjà pas mal.

— De toute façon on ne peut pas les garder plus longtemps, c'est trop risqué, dit Gilbert.

Double Quintal part dans un monologue en chinois.

Qu'est-ce qu'il raconte ? se demande Arthur.

— Qu'est-ce que tu racontes ? lui demande Gilbert.

— On se donne encore vingt-quatre heures pour trouver d'autres crayons et faire dessiner la gamine, souffle Double Quintal. Et après, on fait ce qu'on a dit.

Arthur glisse son iPhone dans une poche intérieure du manteau de Gilbert et se sauve sans demander son reste.

Ajay avait eu le temps de leur sourire avec les yeux avant que le molosse ne referme la porte et les plonge dans la pénombre.

Le camion avait roulé une demi-heure avant de s'immobiliser. Ils entendirent démarrer une voiture. Leurs ravisseurs étaient donc certainement partis.

Une corneille s'égosille au loin. On doit être à la campagne. Louise pleure à chaudes larmes sous le regard désespéré de son grand-père. Elle se tortille tellement que ses nœuds se relâchent. Elle réussit à extraire une main et arrache son bâillon :

— Il est pas drôle ton jeu, Papi !

— MMMMMMM, marmonne Lucien.

Louise lui retire aussitôt son bâillon.

— T'as gagné, Louise !

— C'est nul le jeu du magicien qui doit se détacher tout seul !

— Bon d'accord. Dans ce cas, tu m'enlèves ça, dit Lucien en se tournant pour lui présenter ses poignets.

Le nœud est trop serré et Louise n'y arrive pas. Elle se remet à pleurer.

— MMMMMM, fait Ajay à son tour.

Louise lui enlève son bâillon.

— Bonjouw... mawmoiselle... je m'appelle Ajay... comment appelez... vous ?

Louise s'arrête aussitôt de gémir.

— Louise, répond-elle en souriant.

— *Beautiful...*

— *Who are you ?* demande Lucien d'une voix inquiète.

— *Her father*, répond Ajay avec le même sourire que Louise.

Lucien s'est habitué à la pénombre. Il regarde tour à tour cet homme à la peau mate et sa petite-fille. La ressemblance est frappante.

— *But please maybe don't translate that*, ajoute-t-il. *I have to talk first with her mother.*

Ajay se retourne vers Louise. Son sourire va d'une oreille à l'autre.

— Parle Louise fwançais à moi s'il vous plaît, lui demande-t-il en fermant les yeux.

Les résidents improvisent un blues dans le studio. Cette musique relaxante a aussi le pouvoir de rendre triste. Exactement comme la couleur. De nombreux retraités ont tenu à participer au bœuf et ils peuvent malheureusement constater que c'est vrai : on joue mieux du blues quand son moral est sombre. Appuyée contre un mur, Charlotte chante avec eux, l'œil sec. Toute sa tristesse et son angoisse sont palpables dans sa voix particulièrement juste.

Arthur entre en trombe et brise le charme.

— Tout va bien, je vais vous raconter. Qui a un iPhone ?

— Qu'est-ce qui s'est passé ? questionne Pierrette en lui tendant le sien.

— J'ai installé une appli mouchard sur mon portable et je l'ai glissé dans la poche de Gilbert. C'est lui qui a enlevé Louise et Lucien. On va tout de suite la charger sur le tien pour qu'on puisse le suivre.

Quelques minutes plus tard, un point bleu foncé bouge sur l'écran du téléphone de Pierrette. Gilbert a quitté le restaurant et marche dans les rues du XIIIᵉ arrondissement.

— Maintenant, il faut appeler la police, conclut Arthur, les yeux rivés sur l'écran.

— Non, dit Charlotte d'une voix ferme. Ce que l'on sait, c'est qu'on a vingt-quatre heures devant nous. Es-tu bien sûr d'avoir entendu : « Après, on fait ce qu'on a dit » ?

— Certain !

— Ça ne veut rien dire ! s'emporte Simone.

— Ils sont très organisés, ils ont certainement des ramifications partout. Et si on met la police dans le coup, ils risquent de l'apprendre et de les faire disparaître. Et tant qu'on ne sait pas où est ma fille, je ne prends aucun risque. Et puis... sa voix se brise : mon père a donné sa parole.

— Alors on ne lâche pas Gilbert d'une semelle, ajoute Arthur. Tôt ou tard, il va découvrir mon téléphone, si ce n'est déjà fait.

— Cette fois-ci, je viens avec toi, dit Charlotte d'une voix qui ne souffre pas la contradiction.

Sur l'écran du téléphone de la cuisinière, le point bleu foncé s'est immobilisé à moins d'un kilomètre du restaurant.

— On revient très vite, dit Arthur en saluant l'assemblée de la main avec le téléphone de Pierrette.

Arthur et Charlotte foncent vers Paris dans la Fiat 500 à la carrosserie « soul blue », un bleu saturé qui rappelle la couleur du bain moussant Obao. À l'ombre des grands arbres du parc Montsouris, une petite cinquantaine de personnes pratiquent le qi gong sur la pelouse, dans une chorégraphie assez hasardeuse. Il y a parmi eux beaucoup de débutants. Arthur décrit la scène à Charlotte.

— Les Parisiens redécouvrent les vertus que leur procure le vert, soupire-t-elle. Sa longueur d'onde est exactement au milieu du spectre du visible. C'est la couleur de l'équilibre par excellence.

— Qu'est-ce que tu veux dire ?

— C'est une couleur indispensable aux hommes et qu'affectionnent particulièrement les peuples du cercle polaire qui vivent une bonne partie de l'année sur la neige.

— Et pourquoi est-elle importante ?

Charlotte soupire à nouveau, elle n'a aucune envie de se lancer dans une longue explication, mais répond tout de même :

— Quand on étudie le cortex d'une personne plongée dans un environnement vert, on y trouve une activité électrique importante aussi bien dans l'hémisphère droit que dans l'hémisphère gauche. Comme toutes les couleurs froides, le vert réduit la pression artérielle, le pouls, le rythme respiratoire et permet de se détendre. Et comme toutes les couleurs chaudes, le vert aide à la concentration et donne de la force.

— Je n'y avais jamais pensé.

— Et puis, la couleur verte inspire la confiance. Ce n'est pas un hasard si en 1861, elle est devenue celle du dollar américain. Il fallait que le peuple puisse abandonner l'or et croire en la valeur d'un simple bout de papier. Dans les casinos, différentes couleurs de tapis de jeux ont été testées. Quand le tapis est rouge, le joueur joue des sommes d'argent importantes mais s'arrête vite. Quand il est bleu, il joue mollement. Quand il est vert, il mise de belles sommes. Mais surtout, s'il est en train de perdre, il a le sentiment qu'il va pouvoir se refaire et il continue à miser. À juste titre, le vert symbolise l'espoir dans la plupart des civilisations.

— Eh bien, espérons !

Ils se garent enfin dans la rue indiquée par le point bleu. L'iPhone géolocalisé d'Arthur n'a pas bougé depuis plus d'une heure.

— D'après le GPS, mon téléphone serait dans cet immeuble, explique-t-il à Charlotte. Au rez-de-chaussée il y a un karaoké et un, deux, trois, quatre, cinq, six, sept étages. Comment savoir où ils sont ?

Ils garent la Fiat 500 dans un emplacement minuscule, à quelques mètres de l'entrée du karaoké.

— Qu'est-ce que tu vois ? demande Charlotte.

— Rien de spécial...

— On attend.

Le point bleu ne bouge toujours pas. Quelques minutes plus tard, deux Occidentaux entrent dans le karaoké.

— C'est un peu tôt pour aller chanter, fait remarquer Charlotte. Il ressemble à quoi, ce karaoké ?

— Une façade et une porte très blanche. J'ai l'impression que je n'ai jamais vu un blanc aussi pur.

— C'est normal. C'est parce que maintenant, tu vois à nouveau le bleu.

— Pardon ?!

— Ce que tu appelles le blanc aurait été qualifié de bleu clair par nos ancêtres. D'un point de vue physique, le vrai blanc, c'est la couleur du lait. Place une feuille de papier blanc à côté d'un verre de lait, elle t'apparaîtra légèrement bleutée. Avec nos référents culturels, la neige par temps gris te semble légèrement jaunie.

— C'est vrai que pour moi, la neige bien blanche, c'est celle que l'on voit sous un ciel bleu.

— Parce que sous un ciel sans nuage, la neige reflète au moins 5 % de bleu. Les fabricants de textile teintent les chemises ou T-shirts blancs avec de l'azurant pour que nous les trouvions parfaitement blancs.

— Voilà qui explique pourquoi... Oh !

— Qu'est-ce qu'il y a ?

— Je crois que je viens de voir entrer un homme d'Église dans le karaoké !

L'archevêque de Paris connaît très bien le XIII<sup>e</sup> arrondissement. Il y vient régulièrement depuis 2010, depuis qu'il a eu vent d'une statistique du Chinese Spiritual Life Survey expliquant que l'on dénombre 2,4 % de chrétiens en Chine. Cela pourrait sembler peu, mais cela fait tout de même 33 millions de chrétiens. D'ici à une dizaine d'années, la communauté chrétienne chinoise sera la plus grande communauté chrétienne au monde. C'est aussi l'une des plus anciennes, se rappelle l'archevêque en poussant la porte du karaoké. L'apôtre Thomas a bâti une des premières églises chrétiennes dans l'ancienne capitale chinoise, à Luoyang, en l'an 67. Une ville dans les terres, à équidistance de Shanghai et Pékin. Heureux celui qui croit en ayant vu la Chine, se dit l'archevêque en modifiant à sa sauce les propos de saint Thomas. C'est l'après-midi, le karaoké est désert, il est le seul client.

— Est-ce que vous avez des toilettes, s'il vous plaît ?

— Bien sûr, monsieur, lui répond Double Quintal en réalisant aussitôt qu'on ne doit pas dire « monsieur » à un homme en robe. Mon père, se ravise-t-il en bon chrétien, il faut attendre, elles sont occupées.

L'archevêque est étonné d'entendre du rock américain et non pas de la musique orientale, mais ses pensées dévient sur les petits vases en porcelaine ornés de dessins multicolores et de fleurs indigo. Ça ne serait pas désagréable, se dit-il, de boire le sang du Christ dans l'une de ces coupes. Deux hommes d'une quarantaine d'années sortent ensemble des toilettes, visiblement soulagés si l'on en croit leurs grands sourires. Il faut être ouvert d'esprit, se dit l'archevêque en contemplant la tête du chanteur Prince sur le T-shirt du plus jeune.

Double Quintal indique de son double menton la porte des toilettes à l'ecclésiastique.

— Vous pouvez y aller, monseigneur, l'encourage-t-il après avoir observé qu'il ne porte pas une simple soutane de curé.

L'archevêque passe la porte et découvre à l'entrée des lavabos un homme pipi, derrière une table. À la place de la traditionnelle petite coupelle, une caisse à monnaie en métal. Les toilettes sont intégralement peintes en rouge.

Mais ce qui est extrêmement surprenant, c'est ce qui est inscrit sur le petit écriteau qui trône au centre de la table : « 10 000 euros ».

C'est quand même un peu cher, se dit-il, surtout que je n'ai pas vraiment besoin de faire mes besoins. Après tout, c'est l'argent de mes économies, se justifie-t-il en sortant une liasse de billets qu'il tend à l'homme pipi avant d'entrer avec appréhension dans les toilettes mixtes. Il s'agenouille aussitôt devant la cuvette, sans même fermer la porte. On pourrait croire qu'il souffre de troubles intestinaux mais non, l'archevêque a la tête bien droite et les mains jointes, pointées vers le ciel, les pouces contre sa mosette. Il prie en regardant un dessin d'enfant monochromatique, fixé sur le réservoir de la chasse d'eau. Le dessin représente une femme marchant avec une canne. Pour l'archevêque, c'est forcément la représentation de la Vierge Marie. Il baisse les yeux et regarde en jubilant sa mosette virer doucement de l'anthracite au gris de lin, puis à l'aniline, pour enfin retrouver sa teinte violacée, comme le dessin. C'est sa couleur préférée. Le violet symbolise la foi, mais aussi l'élite. En Europe, c'est la couleur des évêques et des cardinaux. Les rois de France et d'Angleterre étaient les seuls autorisés à porter le deuil en violet. Au Japon, cette couleur était exclusivement réservée aux empereurs. Elle impose inconsciemment le respect et appelle le mystère.

Depuis la disparition du violet, le saint homme s'est parfois surpris à douter de l'existence de Dieu. Il a aussi réalisé que lorsqu'il priait les yeux fermés, les images qui lui apparaissaient étaient souvent teintées de violet. Cette couleur est l'indispensable élément qui lui permet de lier son engagement religieux et sa conscience. Il vient de la retrouver et remercie Dieu avec ferveur.

Lorsque l'archevêque ouvre la porte quelques minutes plus tard, Arthur et Charlotte entendent le tube planétaire *Purple Rain* s'échapper du karaoké. Charlotte se couvre aussitôt de sueur, sa respiration est irrégulière. L'angoisse l'empêche de réfléchir.

— Tu es croyante ?

— Pas plus que ça…

— Dans tous les cas, ça ne peut pas faire de mal. Viens.

Arthur fait le tour de la voiture, prend le bras de Charlotte et ils marchent à la rencontre de l'ecclésiastique qui affiche le même sourire que les fans de Prince quelques minutes plus tôt.

— Excusez-moi, monseigneur, est-ce que vous pourriez prier pour nous, s'il vous plaît ?

— Et particulièrement pour ma fille et mon père, ajoute Charlotte. Peut-être les avez-vous rencontrés ?

Au même moment, entre dans le karaoké un homme élégant d'une quarantaine d'années qui boite légèrement. Il est vêtu d'une chemise blanche et d'un costume assorti à ses tempes argentées. Il porte sur son épaule un sac à dos de randonnée qui dénote.

Gilbert compte les billets. C'est de loin les toilettes les plus rentables de Paris, se félicite-t-il. La chaleur des lieux, renforcée par la couleur rouge des murs, lui dessine de légères auréoles sous les bras. Lorsque Gilbert lève les yeux vers l'inconnu, il comprend instinctivement qu'il a en face de lui un homme dangereux. Ils se fixent intensément. Aucun des deux ne veut céder le premier. Rencontre entre une hyène et un tigre. Gilbert sait que cet homme n'est pas un policier. Trop bien habillé. Les flics n'ont pas les moyens de se payer des costumes comme celui-là.

— Dix mille euros, demande Gilbert en soutenant toujours le regard de l'homme et en se levant.

L'homme le jauge d'un air dédaigneux et remarque qu'une goutte de sueur perle sur le front de Gilbert. Il se déleste de son sac à dos en le posant sur la table et tourne lentement la tête en direction des toilettes ouvertes pour regarder le dessin.

— Tu payes d'abord !

L'homme reste immobile. Il observe le dessin une dizaine de secondes. Son visage n'exprime aucune émotion, une « Poker face » parfaite. Sans quitter le dessin des yeux, il ouvre la fermeture Éclair de son sac, qui est rempli de liasses de billets de 100 euros. Il sort plusieurs liasses gansées d'un ruban plastifié vert, du même vert que les billets.

— Voilà 50 000, lâche-t-il avec mépris en les jetant devant Gilbert.

La main de Gilbert s'approche doucement du calibre qu'il porte sous sa veste. Il ne sent vraiment pas ce généreux donateur.

L'inconnu quitte à regret le dessin des yeux et fixe à nouveau Gilbert.

— J'ai entendu dire qu'il était à vendre. Alors combien, pour le dessin ? finit-il par demander avec un fort accent anglo-saxon.

Gilbert a fait savoir qu'il possédait ce dessin. Il pense pouvoir en tirer une fortune, néanmoins ses importantes dettes de jeu ne lui permettent pas d'attendre patiemment que les enchères montent. C'est pourquoi il s'est résolu à « ouvrir ses toilettes » en attendant le gros poisson. Visiblement, un requin-tigre a mordu à l'hameçon.

— Tan, viens voir ! dit Gilbert en haussant légèrement la voix.

Aussitôt, Tan-Double Quintal, certainement le propriétaire du karaoké, accourt un pistolet à la main. Une hyène, un tigre et un rhinocéros.

— Monsieur aimerait connaître le prix du dessin.

— J'y tiens beaucoup, répond Double Quintal faussement contrarié.

— Encore un sac comme celui-là, finit par préciser la hyène au tigre blessé menacé par l'arme du rhinocéros. Je garde celui-là en acompte.

L'homme reste parfaitement calme. Ce n'est visiblement pas la première fois qu'il est mis en joue. Il réfléchit quelques secondes, puis il lève les mains, paumes orientées vers Double Quintal, pour lui signifier ses intentions pacifistes. Il recule vers l'urinoir planté dans le carrelage rouge. D'un mouvement lent, il baisse les bras vers le bouton de son pantalon, le défait, descend sa braguette, et se soulage en prenant son temps. Gilbert, interloqué, ne parvient pas à quitter des yeux le jet d'urine grise. Puis, au lieu de remonter sa braguette, l'homme baisse doucement son pantalon jusqu'aux chevilles. Gilbert et Double Quintal repèrent aussitôt plusieurs taches violettes sur ses jambes. Une dizaine de liasses de billets violets de 500 euros sont scotchées sur ses mollets. Il décolle les rubans adhésifs en laissant échapper une petite grimace et jette une à une les liasses sur la table. Gilbert et Double Quintal réalisent en même temps que tout comme l'archevêque et les fans de Prince, le violet est leur couleur préférée.

Gilbert raccompagne à la porte l'homme qui ne boite plus. En passant devant Gilbert, ce dernier lui donne l'accolade et lui glisse : « T'es vraiment un tocard, ce dessin valait beaucoup plus. Je te donne 1 000 000 euros pour chaque nouveau dessin que tu me trouveras avec une nouvelle couleur. »

Le temps que Gilbert réalise, son père Noël gris et blanc est déjà loin. À ce moment-là retentit un bruit sourd, étouffé. Une vibration régulière qui semble s'échapper de son manteau. À qui c'est, ça ? se demande-t-il en sortant un téléphone réglé sur vibreur de la poche. Il décroche.

— On a les crayons de couleur qui te manquent, bluffe Charlotte au moment où l'homme tiré à quatre épingles sort du karaoké.

— ...

— Je te propose un marché.

— Qui êtes-vous ? demande Gilbert, méfiant.

— Je suis la mère de Louise. Pour tenir la parole de mon père, je n'ai pas encore appelé la police, mais je sais tout de toi. Ton adresse. Ton petit commerce de dame pipi.

— ...

— On se retrouve ce soir à minuit dans votre entrepôt d'alcool. Tu vois ? Celui où ma fille a fait un dessin de moi en violet.

— ...

— Ce soir à minuit, ajoute-t-elle. Vous venez avec Louise et Lucien. On apporte les crayons de couleur qui vous manquent. Louise vous fait quelques dessins et vous les libérez. Sinon, non seulement tu finiras tes jours en prison, mais en plus je t'aurai arraché les yeux, monsieur Gilbert.

Comme ils s'y attendaient, Gilbert sort quelques secondes plus tard accompagné de Double Quintal. Ils ferment à clé l'établissement et montent dans une Mercedes noire qui s'affaisse légèrement sous leur poids. Double Quintal démarre en faisant crisser les pneus.

— On y va, dit Arthur en tournant la clé de contact.

Gilbert a gardé son téléphone, ils vont ainsi pouvoir le suivre à distance sans se faire repérer. Double Quintal s'engage sur le périphérique ouest, porte d'Italie. La voie est relativement peu encombrée et Arthur les suit à bonne distance.

Soudain, au niveau de la porte d'Orléans, le point bleu disparaît. Son téléphone n'a certainement plus de batterie. Aussitôt, Arthur enfonce la pédale d'accélérateur. Confirmation : les flashs des radars porte Brancion, porte de Sèvres, porte Dauphine et porte de Champerret eux fonctionnent parfaitement.

— Ils ont dû sortir du périph', je les aurais déjà rattrapés, peste Arthur.

Charlotte lui prend la main. Elle est plus froide que la sienne.

La nouvelle se propage comme une traînée de poudre. Pour admirer de nouveau la couleur violette, il suffit d'aller sur Google. Sur la page d'accueil du moteur de recherche, on peut voir le croquis naïf d'une femme marchant avec une canne, dessiné au crayon violet. Un gif animé donne l'impression que la femme avance. Partout dans le monde, les porte-parole du moteur de recherche récitent en même temps, dans toutes les langues, sur toutes les radios et toutes les télés le même texte. « En tant que moteur de recherche, notre mission est de vous aider à trouver tout ce que vous cherchez. Grâce à ce dessin que nous a procuré une personne qui a préféré garder l'anonymat, nous sommes heureux d'avoir retrouvé pour vous le violet. Et nous offrons dix millions de dollars pour tout nouveau dessin qui fera réapparaître toute autre couleur encore disparue. »

Contre toute attente, la réapparition du violet n'est pas accueillie comme une bonne nouvelle, mais engendre au contraire une fièvre et une nervosité instantanées. Le monde ressemble à un enfant impatient au bord du caprice. Les gens ne veulent plus se contenter d'une seule nouvelle couleur. Ils veulent retrouver TOUTES les couleurs et, pourquoi pas, empocher plusieurs millions de dollars. Après la souris rose et le crayonné bleu et vert toujours scotché sur le tableau du musée d'Orsay, beaucoup ont pensé que c'était les dessins des enfants qui faisaient réapparaître les couleurs. Depuis l'annonce de Google, le doute n'est plus permis.

Les gamins du monde entier sont invités ou contraints à dessiner avec tous les crayons de couleur ou tubes de peinture en leur possession. Certains parents n'hésitent pas à réveiller leur progéniture en pleine nuit pour qu'ils s'exécutent. Des déséquilibrés sont chassés des écoles où ils s'introduisent, des crayons de couleur plein les poches.

Les résidents se tiennent debout derrière l'ordinateur portable de Pierrette posé sur la grande
table. Personne n'ose parler, tous regardent le
dessin violet de Louise s'animer sur l'écran. Un
mur mauve-lilas est apparu dans la salle à manger, mais aucun résident n'y prête attention.

Le téléphone de Charlotte est sur haut-parleur
depuis quelques minutes.

Une voix enregistrée entrecoupée d'une
musique classique répète inlassablement le même
message… « Vous avez demandé la police, ne
quittez pas… vous avez demandé la police,
ne quittez pas… »

— Qu'est-ce qu'ils foutent ! panique Charlotte,
il y a tellement d'argent en jeu qu'ils n'hésiteront
pas à se débarrasser de ma fille et de mon père.

— … Vous avez demandé la police, ne quittez
pas…

— Surtout s'ils découvrent qu'on leur a menti
et qu'on n'a aucun nouveau crayon !

— ... Vous avez demandé la police, ne quittez pas...

— Pourquoi on ne les a pas appelés avant ? s'énerve Charlotte.

Personne n'ose lui répondre que c'est elle qui l'avait interdit et chacun s'en veut de lui avoir obéi.

— ... Vous avez demandé la police, ne quittez pas...

Enfin, la musique du répondeur s'interrompt brusquement.

— Police nationale, bonsoir.

— Bonsoir madame, je m'appelle Charlotte Da Fonseca, et c'est ma fille Louise qui fait réapparaître les couleurs. De dangereux criminels l'ont appris et ils l'ont enlevée ainsi que mon père.

— C'est terrible ce qui vous arrive, l'interrompt l'agent de police d'une voix faussement compatissante.

— On a rendez-vous à minuit avec leurs ravisseurs, il faut faire vite !

La policière marque un temps d'arrêt. Elle a l'impression de connaître cette voix. Où l'a-t-elle déjà entendue ? Qu'importe...

— Écoutez madame, je vais être tout à fait franche avec vous. Nous sommes submergés d'appels concernant des enfants en danger qui ont été enlevés parce qu'ils feraient réapparaître les couleurs, ou qui sont battus parce qu'ils n'y arrivent pas. Bien sûr, je ne mets pas en doute vos propos, ajoute-t-elle d'une voix qui prouve le contraire. Je vous invite seulement à passer au commissariat pour faire une déposition.

Charlotte prend sur elle et articule le plus calmement possible.

— Je viens de vous dire, madame, que l'on a rendez-vous avec leurs ravisseurs dans moins d'une heure.

Décidément, se dit l'agent, je connais cette voix. Elle lui rappelle celle d'une animatrice de sa radio préférée, en un peu plus saccadée peut-être ?

— Et moi, madame, je viens de vous dire que le plus simple est de venir faire une déposition au commissariat. Par contre, il y a beaucoup de monde, je vous conseille de passer plutôt demain matin.

De rage, Charlotte jette son portable sur la table.

*Alerte sur lemonde.fr*
*Le LSD vient d'être légalisé « à des fins théra-peutiques » en Californie.*

# Chapitre 11

## La nuit où il se mit à pleuvoir des oranges, des bananes et des pommes

Depuis quelques minutes déjà, Arthur et Charlotte sont garés devant l'entrepôt d'alcool. Aucune autre voiture sur le parking. Aucune lumière dans le bâtiment. Le ciel est couvert et sans lune. Seul un lampadaire au sodium produit une lumière grise, pas forcément plus glauque que le halo orangé que crachait autrefois ce type d'éclairage.

— Il est minuit dix, qu'est-ce qu'ils font ? se demande Charlotte qui imagine les pires scénarios.

— Bon, je vais aller voir, annonce Arthur en quittant le véhicule.

Il réalise qu'il n'a pas peur pour sa vie, seulement pour celle de Louise et de son grand-père. Il s'approche de la porte principale et frappe à la lourde porte métallique. Aucune réponse. Qu'à cela ne tienne ! Il va faire le tour pour passer à nouveau par le toit. Au moment où il va faire demi-tour, une sonnerie de téléphone portable retentit et il aperçoit une tache de lumière par terre devant la porte. C'est son téléphone, dont la batterie a été rechargée. Arthur le ramasse et décroche.

— C'est moi qui fixe les règles du jeu, prévient Gilbert d'une voix autoritaire. Je veux être certain que vous êtes seuls. Tu remontes dans ta voiture et je te donnerai les indications.

Arthur retourne précipitamment dans la Fiat 500 et met le téléphone sur haut-parleur. Gilbert les guide avec précision. Rejoindre l'A86. Sortie à Vélizy. Entrée dans la forêt de Meudon. Demi-tour au milieu de la forêt pour s'assurer qu'ils ne sont pas suivis. Et sortie sur une minuscule artère.

— Arrêtez-vous là ! ordonne Gilbert.

Ils se trouvent sur un chemin de terre au milieu de nulle part. Arthur coupe le moteur. Deux phares s'allument devant eux, à une cinquantaine de mètres.

— Tu coupes tes phares. Vous sortez avec les crayons, dit Gilbert d'un ton menaçant. Et vous levez les mains.

Arthur éteint ses feux et attrape une dizaine de crayons dans le vide-poches. Il s'apprête à sortir et se ravise.

— Je veux d'abord voir sa fille ! hurle Arthur au téléphone.

D'abord ébloui par les feux de route, il finit par percevoir la forme d'un fourgon et devine, en contre-jour, la portière du passager qui vient de s'ouvrir. Quelques secondes plus tard, plusieurs ombres apparaissent et s'avancent. L'une d'elles est immense. Certainement Double Quintal, se dit Arthur en frémissant. Mais où est la petite silhouette de Louise ? Avant qu'il n'ait eu le temps de comprendre ce qui se passait, une forme noire a surgi devant ses phares à la vitesse d'un missile. C'est Charlotte, elle court vers la tache de lumière qui danse sous ses paupières. Arthur sort à son tour du véhicule et sprinte pour rattraper Charlotte, une dizaine de crayons dans chaque main. Soudain, l'ombre géante s'affaisse, se désarticule et un morceau s'en détache. Il galope vers eux. Le visage de Lucien apparaît dans la lumière des phares. Il portait sa petite-fille sur ses épaules et vient de la poser au sol. La dernière ombre, les mains en l'air, semble être un homme d'origine indienne.

Charlotte court aussi vite qu'elle peut. Elle trébuche sur un caillou et tombe lourdement au sol. Arthur tente de l'aider à se relever. Mais elle s'est assise et a ouvert les bras en direction de la lumière. Elle a reconnu les bruits de pas qui foncent dans sa direction. Un son léger et saccadé qui s'amplifie. Elle a l'impression que la scène se déroule au ralenti et entend maintenant le souffle court de Louise. Au moment où elle perçoit son odeur, elle referme les bras sur son enfant qu'elle serre très fort contre elle.

— Mamaaaan !

Charlotte pleure. Elle veut lui dire à quel point elle l'aime, à quel point elle a eu peur mais ses sanglots l'empêchent d'articuler le moindre mot.

— C'était chouette les vacances avec Papi, je suis devenue une magicienne !

— Lucien arrive à son tour, se baisse et enveloppe sa fille et sa petite-fille de ses larges bras.

— C'est fini, dit-il. On leur fait encore un putain de dessin et c'est fini.

Un sentiment d'effroi envahit Charlotte. Elle a complètement oublié les crayons. Tout ce qui comptait pour elle, c'était de retrouver sa fille. Ces voyous ne tarderont pas à se rendre compte que ce ne sont pas les bons crayons. Que va-t-il arriver ? Charlotte redouble de sanglots.

Gilbert, un pistolet à la main et un cahier à dessin de l'autre, avance vers eux. Il jette le bloc de papier aux pieds de la famille, sans un mot. Instinctivement, Charlotte se tourne vers lui. Elle enlève ses lunettes, se sèche les yeux et relève la tête. Elle fixe Gilbert de ses yeux albâtre. Elle devine où se situe son visage au bruit de sa respiration rapide, engluée par son nez légèrement pris. Gilbert, mal à l'aise, fait un pas de côté, elle le suit du regard.

L'homme a un petit mouvement de recul, ce regard vide fixé sur lui le transperce.

— Arthur, les crayons ! ordonne Gilbert. Toi : dis à sa fille de dessiner vite ! Et j'espère pour vous que vous ne m'avez pas menti !

Sans un mot, Arthur tend la poignée de crayons à Lucien puis il recule d'un pas et se tient un peu à l'écart, tout comme cet Indien filiforme, les mains toujours en l'air, un étrange sourire fixe sur les lèvres. Le ciel est si noir à présent que l'on devine à peine les grands arbres de chaque côté de la route. Dans les phares de la voiture et de la fourgonnette dansent des papillons de nuit.

Arthur meurt d'envie de serrer Louise dans ses bras, mais de quel droit ? Où est sa place ?

— Louise, est-ce que tu pourrais me dessiner maman avec un grand sourire ? demande Lucien.

Charlotte n'arrive pas à se calmer. Elle voudrait dire quelque chose, mais elle n'y arrive toujours pas.

— Tu me le fais en couleur le dessin, s'il te plaît, ajoute Lucien.

— Pourquoi elle pleure, maman ?

— Parce qu'il y a tellement longtemps que tu ne lui as pas fait de dessin. Tu veux quel crayon ? Tu y vois assez pour dessiner ?

Entre deux spasmes, Charlotte se retourne vers Arthur en suivant son souffle court et finit par déclarer d'une voix parfaitement calme et maîtrisée :

— Je veux faire l'amour !

Lucien la croit en état de choc. Ses propos sont devenus incohérents. Ajay, qui s'est approché, comprend le mot « amour » et fait un pas en arrière.

— C'est une bonne idée ça, Charlotte, chantonne Lucien qui ne veut surtout pas que sa petite-fille soit effrayée. Louise, tu sais comment on dessine l'amour ? Non ? On fait un cœur. Tu peux me dessiner un cœur, s'il te plaît ? insiste-t-il en tendant à la fillette un crayon pris au hasard.

— Je veux faire l'amour ! répète Charlotte de la même voix étrangement claire.

— Oui, maman a raison, dessine-nous un cœur, renchérit Lucien.

Arthur comprend enfin que Charlotte s'adresse à lui de façon codée. Il recule de quelques pas, s'éloigne de Gilbert et de la famille et se dirige discrètement en marchant à reculons vers le fourgon. Gilbert est obnubilé par Louise qui dessine maintenant un cœur.

— J'ai pas envie de dessiner. Ils sont tous gris, ces crayons ! s'énerve l'enfant qui trouve la situation pour le moins étrange.

Gilbert sursaute en entendant un cri puis un bruit de lutte qui vient de la camionnette. Une énorme main a saisi Arthur par le col et le fait entrer de force à l'intérieur. C'est Double Quintal qui est resté dans le véhicule, le moteur au ralenti pour écouter les fréquences de la police, prêt à foncer à la moindre alerte. Le combat est inégal. Double Quintal serre de plus en plus fort le cou d'Arthur pour l'étrangler. Arthur tend les mains vers le tableau de bord. Il sent ses forces le lâcher. Dans un ultime effort, il parvient à couper le contact du camion, les phares s'éloignent.

Il a le temps de lancer les clés par la fenêtre ouverte. Mission accomplie, se dit-il avant de s'évanouir.

L'obscurité est maintenant totale dans le bois de Meudon. Aussitôt, Charlotte se lève et fonce tête baissée sur Gilbert. Il reçoit un coup de tête en pleine poitrine et lâche son pistolet. Il essaye d'attraper Charlotte mais elle a déjà reculé et il prend un deuxième coup mal ajusté sur le bras. Dans le noir, elle est avantagée. Gilbert cherche son briquet dans son manteau, mais il l'a laissé dans le fourgon. Et que fait le gros lard là-bas ? Un autre coup dans le dos lui coupe le souffle. Elle a dû attraper un caillou. Gilbert encaisse péniblement, fait quelques pas de côté pour échapper à sa rivale, mais elle revient à la charge et lui cogne lourdement la tête avec le même objet. Il titube, porte la main à son front, un liquide abondant lui confirme que son crâne est en sang.

Double Quintal ouvre enfin la porte du conducteur. La cabine s'éclaire et la pénombre est maintenant suffisante pour que Gilbert puisse distinguer la silhouette de Charlotte. Il pare un nouveau coup, reprend ses esprits et ramasse son arme. Il coupe aussitôt la route de l'Indien qui tente de s'enfuir avec Louise dans les bras. Pendant ce temps, Double Quintal, à quatre pattes dans l'herbe humide, a retrouvé les clés.

Quelques secondes plus tard, Charlotte est assise à l'arrière du camion, sa fille tétanisée sur les genoux. Lucien donne des gifles à Arthur afin qu'il reprenne conscience. Ajay, les yeux fermés, a toujours un sourire scotché aux lèvres.

La jeune femme entend distinctement le crépitement des pneus roulant sur les crayons de couleur gris.

Double Quintal s'engage sur l'A86 et bifurque à grande vitesse sur l'A6 en direction de la province. Le ciel est enfin un peu dégagé et le firmament perce par endroits la voûte couleur réglisse. Il est trois heures du matin. Les passagers à l'arrière sont silencieux. Arthur vient péniblement de reprendre ses esprits et se masse la nuque. Son dernier souvenir est la lumière laiteuse d'un tunnel qui s'ouvre dans l'obscurité. Lorsqu'il parvient enfin à faire le point, son visage se crispe en voyant les doigts fins de Charlotte parcourir lentement le visage d'Ajay. Elle s'attarde sur ses yeux. Leurs formes en amande sont identiques à celles de sa fille. Arthur détourne le regard.

La camionnette rattrape un fourgon qui avance à faible vitesse sur la file de gauche.

— Qu'est-ce qu'il fout là, ce con ? s'impatiente le sumotori.

Il le double par la droite en klaxonnant. Juste devant, une autre fourgonnette tente péniblement de dépasser par la gauche une série de camionnettes roulant sur la voie de droite. Double Quintal n'a pas d'autre choix que de freiner. Il la colle, son compteur de vitesse n'est plus qu'à 60 km/heure.

— Avance, abruti ! s'énerve Gilbert.

Une autre fourgonnette vient les coller sur la voie de gauche. L'un après l'autre, les véhicules enclenchent leurs warnings et ralentissent jusqu'à s'immobiliser au milieu de l'autoroute.

Le fourgon de Double Quintal se retrouve prisonnier au milieu d'un convoi d'une dizaine de véhicules. Il regarde dans son rétroviseur et pressent quelque chose de bizarre. Ce n'est pas le fait d'être bloqué – il connaît les embouteillages en région parisienne, même au milieu de la nuit –, mais que tous ces véhicules, sans exception, soient des petits camions ou des fourgonnettes. On se croirait au salon de l'utilitaire. Soudain, le conducteur d'un fourgon descend sur la chaussée, ouvre son coffre et décharge des cageots de fruits sur l'autoroute. Dans son rétroviseur, une vieille dame ouvre le coffre de sa 2CV break et déverse elle aussi sa marchandise sur le bitume.

— Meeeeerde, on est tombés sur une manif d'agriculteurs. Allez, poussez-vous les blaireaux. On n'a pas le temps !

Le molosse recule et manœuvre pour essayer de sortir du cortège en longeant le rail de sécurité, mais la camionnette derrière lui avance pour l'empêcher de bouger. Le fourgon qui le précède recule à son tour. Pris au piège, Double Quintal fonce dans un trou de souris en jouant aux autotamponneuses. Un pamplemousse gris s'écrase alors sur son pare-brise, aussitôt suivi par une nuée d'oranges grises ; Double Quintal met en marche ses essuie-glaces. Le jus grisâtre s'étale en un film visqueux sur le pare-brise. Il ne voit quasiment plus rien, avance à l'aveugle et devine au dernier moment une camionnette qui s'est mise en travers de sa route et leur bloque définitivement le passage.

À l'avant, les deux malfrats dégainent leurs armes et sortent sur la chaussée. Leur seule chance de s'en sortir est de prendre leurs prisonniers en otage. Ils se dirigent vers l'arrière du fourgon mais une pluie de bananes, de pommes et de kiwis s'abat sur eux. Gilbert et Double Quintal se font lapider à coup de fruits et peuvent constater que ce sont les pommes qui font le plus mal.

Désespéré, Gilbert tire un coup de feu en l'air. Peine perdue ! Ce bruit de tonnerre transforme la pluie de fruits en grain tropical. Les projectiles arrivent de toutes parts. Les moins adroits prennent Double Quintal pour cible, beaucoup plus facile à viser.

— On se casse ! hurle Gilbert qui enjambe la glissière de sécurité et traverse l'autoroute.

*Savez-vous que la symbolique des couleurs est souvent le fruit du hasard ? Prenons par exemple les couleurs des voitures de sport. À l'origine : la coupe automobile Gordon Bennett, du nom du propriétaire du journal* New York Herald *entre 1900 et 1905. Des équipes nationales, auxquelles on attribua des couleurs pour les distinguer, s'y confrontèrent : bleu de France, vert britannique (British Racing Green en l'honneur de l'Irlande), jaune pour la Belgique, rouge pour l'Italie et blanc pour l'Allemagne. Dans les années 30, le « blanc allemand » est devenu gris car les véhicules ne devaient pas dépasser un poids maximal autorisé. Les W25 de Mercedes étaient en excès de poids d'un petit kilogramme. Qu'à cela ne tienne, pour les faire maigrir les mécanos poncèrent leurs voitures blanches jusqu'à la tôle. Et voilà comment sont nées les « Flèches d'Argent », aux carrosseries en aluminium nues et polies.*

*À demain, chers auditeurs.*

Pierrette conduit sa 2CV break à faible allure en direction de la résidence. Lucien est installé à l'avant. Charlotte est assise à l'arrière, entre Ajay et Arthur. Louise, enfin rassurée, dort sur les genoux de sa mère.

— Lorsque j'ai aperçu à nouveau le mouchard s'activer sur mon téléphone, explique Pierrette en conduisant, je ne l'ai plus quitté des yeux. Et quand j'ai remarqué que vous partiez dans la forêt de Meudon, j'ai compris qu'il y avait un problème. J'ai aussitôt filé à Rungis où j'ai alerté mes copains maraîchers. Ils se sont immédiatement mobilisés. On a donc essayé de vous rejoindre. Par chance, il n'y avait pas grand monde sur la route et on a pu repérer facilement votre véhicule. Des collègues qui se rendaient à Rungis ont fait demi-tour pour bloquer le camion. Vous connaissez la suite.

— Tant que toutes les couleurs ne seront pas à nouveau perceptibles, Louise sera en danger, murmure Lucien en regardant sa petite-fille endormie.

— Il y a autre chose, ajoute Charlotte. On commence à peine à réaliser à quel point l'absence de couleurs déséquilibre notre monde, qui n'était déjà pas très équilibré... En quelques semaines à peine, toutes nos habitudes ont été profondément bouleversées. J'ai peur qu'à très court terme, l'humanité ne puisse survivre à ce changement radical.

— C'est la nuit qu'il est beau de croire à la lumière, soupire Lucien, grand fan d'Edmond Rostand.

Arthur observe le soleil rouge qui se lève sur Paris. Le dégradé de gris se fond dans le bleu du ciel et laisse imaginer une aurore somptueuse.

— On peut déjà mettre hors circuit les Chinois. La police va certainement nous aider. On a assez de témoins pour qu'ils nous croient maintenant, suggère Pierrette.

— Et on se retrouverait non seulement avec tous les bandits de la terre sur le dos, mais aussi tous les déséquilibrés, sans parler des journalistes. Tu veux que ma fille reste cachée jusqu'à la fin de ses jours ?

Silence dans la voiture. Chacun pense qu'elle n'a pas complètement tort. Arthur, qui ne veut pas voir le spectacle de Charlotte épaule contre épaule avec Ajay, fait semblant de regarder son téléphone et tombe sur le mail de Solange. Il n'a toujours pas ouvert la pièce jointe, la dernière photo prise devant l'usine. De nombreuses couleurs sont réapparues sur l'image, même si ses anciens collègues ont le sourire triste et la mine encore grise. Brusquement, il remarque un détail, minuscule, dans les mains de Solange. Du pouce et de l'index, il agrandit la photo. Elle est pixellisée mais aucun doute, Solange tient à la main une boîte en métal rectangulaire et plate. Une boîte de crayons Gaston Cluzel.

# Chapitre 12

## Où l'on apprend que l'arc-en-ciel est riche de 700 000 couleurs

Défilé de haute couture au Grand Palais. L'attachée de presse de la maison Chanel a placé les invités par ordre d'importance. Pourtant, même Anna Wintour est au deuxième rang. Qui sont donc tous ces gens au premier rang ? Une vingtaine de personnes âgées totalement inconnues, certaines sont même en fauteuil roulant... Un public digne des Chiffres et des Lettres ! Parmi eux, un homme d'une trentaine d'années à l'allure de rugbyman.

Le podium égrène un par un des mannequins filiformes aux tenues extravagantes. Les journalistes notent que cela fait longtemps qu'ils n'ont pas vu autant de couleurs dans un défilé. Du bleu, du vert, du rouge, du rose, du violet, quelques touches de gris, mais ni blanc ni noir. Des couleurs qui répondent d'ailleurs à celles portées par le public.

Tous les invités, sans exception, sont en effet habillés de teintes saturées. Cela donne à la manifestation un côté inhabituel, joyeux et bon enfant. Une spectatrice sous LSD, habillée en vert de la tête aux pieds, gonfle et dégonfle régulièrement ses joues tout en levant ses coudes. Cela amuse la plupart de ses voisins qui la surveillent tout de même du coin de l'œil.

Les mannequins, débarrassés de leur air hautain, s'autorisent un très léger sourire. Le défilé touche à sa fin et Karl Lagerfeld fait son entrée. Il donne la main à une jeune femme vêtue d'une robe de mariée. Derrière eux, une petite fille en robe gris clair, les cheveux joliment tressés tient la traîne.

Une clameur accueille le couturier, qui a troqué son ensemble noir pour un costume rhodamine, du même rose que ses chaussures et son éventail. La clameur s'amplifie quand les spectateurs découvrent que le mannequin, aussi gracieux soit-il, ne fait pas la taille réglementaire, pèse au moins une fois et demie le poids en vigueur, et avance avec une canne blanche. Elle porte une robe courte en papier. Sa taille fine est soulignée par une jupe patineuse et son long cou mis en valeur par un décolleté qui dénude ses épaules. En guise de collier, un simple ruban orné de camélia. Le public est sous le charme, çà et là on entend : « délicieux ! », « *charming !* », « *so fresh !* », « sublime ! ». Quelques secondes plus tard, la musique s'interrompt et le mannequin se retourne lentement. Médusée, l'assistance

découvre dans son dos un dessin multicolore...
un homme à la peau mate à côté d'un taxi
jaune : toutes les couleurs resplendissent. Des
bruns, des orangés, des pêches, des saumons, un
noir profond, un blanc laiteux, des jaunes, des
kakis... Les caméras de télévision zooment sur
les traits de crayon. Les invités poussent des cris
en regardant à présent leurs mains, leurs bras,
leurs jambes et le visage de leurs voisins. Les
couleurs ont retrouvé toutes leurs nuances et
leurs complexités, en particulier dans les teintes
de chairs. Une caméra cadre sur la petite fille
d'honneur et les spectateurs découvrent la lumi-
neuse couleur de sa robe en coton. Ajay, qui a
insisté pour qu'elle porte un vêtement du même
jaune que son taxi, bordé d'un damier noir et
blanc, sourit avec fierté.

La dernière boîte contenant les derniers crayons Gaston Cluzel attendait tout simplement dans le tiroir de la table de nuit de Solange. Durant ses insomnies, elle les humait avec nostalgie. Leurs odeurs de bois et de pigments mêlées l'aidaient à trouver le sommeil. Mais il n'est plus question de nuits blanches et de solitude pour Solange puisque les résidents votèrent à l'unanimité pour sa venue au sein de leur communauté. Elle avait aussitôt accepté et déjà déménagé son couple de chatons roses.

De son côté, Charlotte avait immédiatement écarté l'idée de vendre les couleurs retrouvées à Google. « Elles sont ce que la nature nous a donné, il n'y a pas lieu d'en faire commerce. Elles appartiennent à tout le monde. Point final », déclara-t-elle. Il ne restait donc plus qu'à trouver la meilleure façon de permettre à l'humanité d'en profiter à nouveau.

En bonne professionnelle du marketing, Simone chercha un concept. Une info retint son attention sur son iPad : un défilé Chanel avait lieu le lendemain.

— Pourquoi ne pas faire réapparaître l'ensemble des couleurs depuis le centre névralgique autoproclamé du bon goût, le temple païen de la mode ? De là, la couleur irradierait à nouveau le monde !

— De façon durable, pour notre plus grand bonheur et pour notre équilibre ! avait complété Lucien, qui portait une chemise tahitienne.

Pierrette avait aussitôt sorti son téléphone.

— Je connais un certain Karl qui se morfond depuis dix ans en pensant à mon soufflet de rouget, verveine fraîche et fruits de la Passion...

Pierrette s'était donc mise en cuisine, en échange de quelques invitations pour les résidents et d'une séance d'essayage en urgence pour Charlotte et Louise. Les patronnières, tailleurs et couturières avaient travaillé toute la nuit pour terminer à temps les deux robes et coudre harmonieusement le dessin de Louise sur le dos de la robe de mariée.

Elles sont maintenant toutes entassées en coulisse et regardent fièrement l'effet que produisent leurs tenues sur le public. Les mannequins reviennent sur scène pour saluer et applaudir autour du créateur et l'effet est époustouflant : leurs robes sont désormais intégralement colorées.

Pour la première fois dans un défilé de haute couture, le public, en liesse, improvise une ola.

Une foule immense s'est massée à la sortie du défilé. Les Parisiens accourent comme pour un feu d'artifice. Autour de lui, Arthur ne voit qu'effusion de joie. Ce bonheur collectif contraste avec la mélancolie qui l'envahit. Il a beau se raisonner, c'est plus fort que lui. Alors il décide de partir et tente de se frayer un chemin dans la marée humaine qui arrive à contresens. Dans un dernier coup d'œil, il aperçoit Ajay qui serre Louise et Charlotte dans ses bras. Il est trop loin pour entendre leur conversation. De toute façon, il n'en a aucune envie.

— Au revoir, Papa.
— Répéter toi s'il wous plait, demande Ajay en sortant son téléphone pour enregistrer la voix de sa fille.
— Au revoir, mon Papa.
Ajay savoure ces mots les yeux fermés.

— *Thank you, Ajay. You are a very nice guy. We'll come to see you soon in New York*, ajoute Charlotte en l'embrassant sur la joue.

Ses vacances sont terminées. Son avion décolle dans quelques heures. Et il lui tarde de retrouver son taxi jaune.

Le cœur en lambeaux, Arthur lutte toujours pour s'éloigner, quand il sent une petite main se glisser dans la sienne. Il sursaute et découvre Louise qui l'a rattrapé en se faufilant. Cette minuscule main chaude le bouleverse et embrume aussitôt ses yeux. Elle le tire par le bras en direction de Charlotte. Mais Arthur résiste et fait ses adieux à la petite fille en lui caressant la tête.

Soudain, il remarque juste en face de Charlotte un vieil homme asiatique, tiré à quatre épingles dans un costume corail. Il est escorté de deux molosses orientaux. Arthur prend Louise dans ses bras et se précipite vers sa mère. Plus que quelques mètres. Il joue des coudes et pose enfin sa main sur l'épaule de Charlotte. Au contact des doigts d'Arthur, elle comprend qu'il se passe quelque chose d'anormal.

— Je vous prie de m'excuser, êtes-vous bien madame et mademoiselle Da Fonseca ? demande le vieil homme.

Charlotte sursaute imperceptiblement.

— C'est bien nous, qui êtes-vous ?

— Mon nom n'a pas vraiment d'importance, madame. Mais je tenais à vous présenter en personne nos excuses. Deux hommes de notre organisation se sont comportés de façon inacceptable à votre égard : croyez bien que ce fut à notre insu. Ils ont voulu nous doubler parce qu'ils savaient la couleur si importante dans notre culture que nous refuserions d'en faire commerce. Rien ne nous a plus peinés que sa disparition. Nous avons récupéré une coquette somme d'argent, gagnée grâce à un dessin de votre fille, et qui vous représente. Cet argent vous appartient chère madame, conclut-il en désignant un sac à dos dans les mains d'un de ses hommes, resté en retrait.

— Je n'en veux pas. Vous n'avez qu'à le donner à l'association des chiens guides d'aveugles, elle a besoin d'argent.

— C'est tout à votre honneur et ce sera fait, madame.

Il marque un temps d'arrêt et reprend lentement la parole, sa voix est douce :

— Il y a un dernier point que je souhaite régler avec vous. Ces personnes, vous comprendrez que, malheureusement, nous ne pouvons les confier à la justice, mais elles méritent un châtiment. Je vous laisse donc fixer leur sentence puisque c'est vous qu'ils ont offensées. Aussi sévère soit-elle, je vous donne ma parole que nous l'exécuterons.

Charlotte se mord la lèvre et réfléchit. Le pape Jean-Paul II s'est rendu à la prison où était détenu celui qui a failli le tuer pour lui pardon-

ner tout comme Nelson Mandela a pardonné
à ceux qui l'ont emprisonné pendant près de
trente ans.

— Je ne veux pas de solution radicale, dit-elle
finalement à voix haute, mais...

— Une peine clémente serait l'exil à perpé-
tuité, propose l'élégant vieil homme.

— J'ai peut-être une autre idée, tente Arthur.
La tour Eiffel va être repeinte en rose. Et je sais
que Gilbert a le vertige. Pourquoi ne pas les faire
embaucher comme peintres sur le chantier ?

L'Asiatique et Charlotte éclatent de rire.

Les résidents quittent les Tuileries en convoi. Un arc-en-ciel, dans un demi-cercle parfait, fanfaronne dans le ciel au-dessus de la Seine, une jambe sur le musée d'Orsay, l'autre sur le Louvre. Dans la 2CV de Pierrette se sont joyeusement entassés Lucien, Solange, Charlotte, Louise et Arthur. D'autres ont pris place dans la petite Fiat 500 de Simone. Plusieurs taxis médicalisés ont chargé les retraités les moins valides.

L'autoradio de la 2CV crache en boucle un flash spécial sur les couleurs. Le défilé de mode a fait le tour de toutes les télévisions du monde en moins de temps qu'il ne faut pour le dire.

— Chacun peut enfin admirer les couleurs « normalement », s'extasie un journaliste.

— Il se trompe, s'agace Charlotte en réajustant sa robe de papier un peu froissée qu'elle n'a pas voulu quitter. Ce qui était « normal », depuis une trentaine d'années, c'était ne pas voir les couleurs.

— C'est vrai que la façon dont draguait Ronsard, en proposant à sa belle d'aller admirer le pourpre d'une rose, n'était plus trop dans les mœurs, s'amuse Solange.

— Pire, notre société s'est mise insidieusement à fuir les couleurs. Un faux blanc ornait la plupart de nos murs et un gris presque noir encombrait nos penderies, ajoute Charlotte.

À la radio, une information troublante s'immisce dans leur conversation.

« Un phénomène étrange semble se produire partout dans le monde. Des monuments historiques auraient désormais des couleurs vives. À Athènes, le Parthénon apparaîtrait rouge, bleu et or. Les murs du château de Versailles auraient revêtu une teinte jaune d'œuf. J'apprends à l'instant que la Joconde est méconnaissable. Son grain de peau serait très rose, ses joues auréolées de rouge, ses yeux caramel clair et l'arrière-plan serait d'un bleu azur éclatant. »

— Ce sont les couleurs d'origine ! s'exclame Arthur.

Silence dans la voiture. Chacun essaye de comprendre ce qui se passe.

— Peut-être étaient-elles déjà là et vous n'y prêtiez plus attention ? suggère Charlotte.

Nouveau blanc.

— Tu veux dire que les couleurs auraient commencé à disparaître insidieusement depuis des années car, avance Arthur, on ne les regardait plus ? Notre sensibilité à la couleur ce serait donc progressivement émoussée ? Et ce n'est que lorsqu'elles ont totalement disparu qu'on s'en est enfin rendu compte ?

— Peut-être. Maintenant que vous vous émerveillez à nouveau devant elles, vous avez aiguisé votre perception aussi finement que celle de nos ancêtres ou de tous les animaux qui ont continué à voir les couleurs. Bien sûr, c'est une hypothèse, poursuit Charlotte. Les scientifiques nous expliquent que les couleurs sont des ondes absorbées et traitées par notre système visuel, puis par notre cortex. Mais si on regarde avec attention ces mêmes couleurs, ces ondes activent de nombreuses régions de notre cerveau avec des conséquences dont nous n'avons que très partiellement conscience. La couleur a le pouvoir de nous émerveiller, nous surprendre, nous réconforter, nous dynamiser, nous relaxer, nous émouvoir, nous rendre plus créatif et, par là même, elle irradie sur notre entourage. Pensez au plaisir que vous ressentez lorsque l'on vous offre des fleurs et que vous regardez leurs couleurs avec attention.

Arthur se souvient que Charlotte n'avait pas voulu des siennes, mais il ne dit rien.

— En latin, *color* a la même étymologie que *celare*, qui veut dire « cacher », ajoute Charlotte. Pour entrevoir le mystère de la couleur, il ne suffit pas de voir les couleurs, encore faut-il les regarder.

— Les dieux ont peut-être été vexés que nous ne remarquions plus leur formidable travail de coloriste. Et ils nous l'ont fait comprendre, dit Pierrette en grillant un feu orange bien mûr.

— Qui sait ? De toutes les façons, on sait que la couleur n'est qu'une illusion. Prenez le violet et le rouge, qui sont les couleurs les plus éloignées sur le spectre de la lumière, comment se fait-il que vous les perceviez aussi proches ? Les neuroscientifiques ont compris très récemment que la zone corticale sensible au violet était voisine de celle qui est activée par le rouge, avec une légère porosité entre les deux.

— Moi j'ai une autre théorie ! ajoute Arthur. Quand on fabrique une mine de crayons de couleur, elle est blanche malgré les pigments, et ce n'est qu'au contact d'un révélateur que la mine prend sa couleur. Tu as développé, à ta façon, une incroyable acuité à la couleur. Et tu as dû transmettre cette sensibilité à ta fille. En l'additionnant au don de synesthésie de son père, Louise avec ses yeux d'enfants innocents est devenue un révélateur de couleur.

— Je ne sais pas… La seule chose que je sais, c'est que nous avons encore beaucoup de choses à découvrir sur la perception. Peut-être qu'un jour, la science trouvera une explication rationnelle à tout ça.


— Est-ce que ça vous dérange, si on fait un crochet par la cathédrale Notre-Dame ? J'aimerais tellement voir à quoi elle ressemble maintenant, demande Pierrette. On est tous d'accord ? Alors, on y va !

Aucun uniforme bleu en vue. Elle active son clignotant et contre-braque pour faire un brusque demi-tour en coupant la ligne blanche. La 2CV break manque de se renverser mais reste miraculeusement sur ses quatre roues.

*Alerte sur lemonde.fr*
*Le président de la République française vient de déclarer que le jour du Holi festival sera désormais férié.*

Quelques échanges de SMS et tous les résidents se retrouvent sur le parvis de la cathédrale, bâtie il y a plus de sept cents ans. Ils découvrent avec émerveillement les colonnes vermillon des deux clochers. La tour du rosaire, maintenant orangée, donne une impression de légèreté et d'élévation. Les trois porches sculptés sont à présent entièrement colorés avec une dominante de vermillon et d'or. Les vantaux enchâssés affichent une teinte rouge flamboyante. Un peu plus haut, la polychromie, bleu profond, vert, doré et corail des vingt-huit statues est une sublime invitation à pénétrer dans les lieux. Le squelette blanc de Notre-Dame de Paris a retrouvé son enveloppe charnelle.

— Allons-y, dit Lucien un peu fébrile car il sait que le plus beau, la plus spectaculaire métamorphose sera l'intérieur de la cathédrale.

— Raconte-moi les couleurs, Arthur, lui demande Charlotte en prenant son bras. Sitôt entrée, elle perçoit une fraîcheur légèrement humide.

— Il y en a partout ! Sur tous les murs, toutes les colonnes, les clés de voûte, les plafonds. Partout. Beaucoup de bleus, de verts, de jaunes, d'oranges, de rouges, d'or. Et que des couleurs vives ! La lumière est irréelle. On dirait que les vitraux sont fluo. On prend une douche de couleurs.

— On se croirait en boîte de nuit ?

— Une discothèque un peu particulière au niveau de la déco... Tout autour du chœur, il y a une sculpture en bois peint. Une succession de scènes archicolorées qui racontent les Évangiles.

— C'est un cours de catéchisme pour ceux qui ne savent pas lire. C'est un peu l'ancêtre de la bande dessinée.

— Une BD aux couleurs beaucoup plus profondes.

— On arrive à les reproduire en lithographie, te diraient les bons imprimeurs.

Arthur reconnaît une tête familière.

— Devine qui je vois devant l'autel ?

— Qui ?

— L'archevêque de Paris !

— Allons le saluer.

Charlotte s'accroche fermement au bras d'Arthur et ils s'avancent dans l'allée principale. Il est heureux. Il n'a pas bu une goutte d'alcool depuis des mois et n'en éprouve plus le besoin. Sans nul doute un jeu de vases communicants entre le foie et le cœur...

Il remarque que tous les résidents sont assis au premier rang, sur les chaises parfaitement alignées. L'archevêque, vêtu d'une chasuble améthyste, les accueille sereinement. Charlotte, qui a senti sa présence, baisse la tête en signe de respect.

En une seconde, alors que l'orgue se met à jouer, Arthur réalise la situation. Il est debout face à un ecclésiastique devant l'autel d'un lieu de culte, donnant le bras à une femme portant une robe de mariée. C'est un coup monté, se dit-il. Il sent les regards dans son dos. Ils savaient tous que les couleurs d'origine allaient réapparaître et ils avaient prévu le crochet par Notre-Dame. Et il regarde le merveilleux profil de Charlotte qui, sentant son regard, lui fait un clin d'œil par-dessus ses lunettes de soleil. Arthur aperçoit Solange, assise au milieu des résidents, qui lui envoie un baiser du bout des doigts. La seconde suivante, il devine Louise, sur le côté, qui lui présente tant bien que mal un coussin rouge coquelicot aussi grand qu'elle et sur lequel reposent deux anneaux en or citron.

Je n'avais rien vu venir, je ne vois vraiment rien, se dit-il. Quel chanceux je suis, si elle accepte de me donner ses yeux.

— Oui ! s'exclame-t-il le cœur grenadine, précédant la question rituelle de l'archevêque, flanqué de sa mitre aux reflets zinzolins.

*Rêve ta vie en couleurs,*
*c'est le secret du bonheur.*

Walt DISNEY

# Remerciements

À ma femme Élodie, la plus belle des muses.

À ma fille Capucine (qui a adoooooooré l'histoire sauf la scène d'amour qui l'aurait traumatisée, dixit la muse ci-dessus…).

À Anna Pavlowitch qui, comme pour mon premier ouvrage *L'Étonnant Pouvoir des couleurs*, m'a fait confiance et a mis toute son énergie et sa bienveillance pour que ce livre rencontre ses lecteurs.

À Louise Danou, ma directrice littéraire qui, avec son immense talent, a affûté ces crayons-là. (À son propos, je ne désespère toujours pas qu'un jour elle cesse de s'habiller en noir.)

Au linguiste Bertrand Verine, président de la Fédération des aveugles et amblyopes en Languedoc-Roussillon, au professeur Hervé Rihal et au sculpteur Doris dont les conseils m'ont plus qu'aidé à m'immerger dans le personnage d'un aveugle.

À François Durkheim, le directeur artistique auquel je dois cette jolie couverture qui vous invite à la colorier.

À mes premiers lecteurs, Sophie Borrie, Denis Boute, Anne-Cécile Lanchon, Bibiane Deschamps, Laure Vouzellaud, Annie Mollard-Desfour, Sandrine Cœur-Bizot, Dorothée Rothschild, Cécile Pivot, Erwan Leseul et Corine Quentin dont les encouragements m'ont ôté un énorme poids (il n'y a rien de plus angoissant que d'écrire un roman et d'attendre la réaction de ses amis).

À Alain Timsit, le plus merveilleux et le plus tatillon des agents.

À Pascal Mollaret, mon « frère » aveyronno-japonais.

À Arthur et ses pantalons indiens bariolés.

À tous ceux que j'ai oublié de citer et qui, comme ce sont des proches, ne m'en tiendront pas rigueur.

Et enfin, à Adeline Coursant, directrice du Centre de transcription et d'édition en braille. Grâce à elle, tous ceux qui ont contribué à ce livre sont heureux et fiers qu'un roman soit publié en avant-première en braille pour des lecteurs qui n'ont jamais vu les couleurs qu'avec leur cœur.

jg@jg-causse.com

facebook.com/CouleurBy

12172

Composition
NORD COMPO

*Achevé d'imprimer en Espagne*
*par* BLACKPRINT CPI IBERICA
le 21août 2018.

1er dépôt légal dans la collection mai 2018
EAN 9782290157732
OTP L21EPLN002358B003

ÉDITIONS J'AI LU
87, quai Panhard-et-Levassor, 75013 Paris

Diffusion France et étranger : Flammarion